鎌倉古民家カフェ「かおりぎ」

水川サキ Saki Mizukawa

アルファポリス文庫

https://www.alphapolis.co.jp/

序章

通りかかるとふわりと香る、金木犀と草木の匂い。

澄んだ空気の漂う丘の上にある一軒の建物。

そこには金色の花が咲き、開け放たれた扉からかぐわしい香りがする。

導かれるように足を踏み入れると、そこはなつかしい時代を思い起こさせる古くて温かい木の造りの店。

「いらっしゃいませ」

店員の声が心地よく響く。それを合図に現実を忘れ、緩やかで穏やかな時間が流れる。

錆びついた扉、色あせた壁、木の匂いがするテーブル、薬草と珈琲の香り。

店員のオススメは【そのときの私にちょうどよいもの】を与えてくれる。

疲れてふらりと立ち寄った人は、ゆっくり心と身体を癒し、旅の途中で偶然見つけた人は、この思い出をＳＮＳで語った。

何気ない日常としてこの店を利用する人たちは、ただおしゃべりをして帰っていく。
どこにでもありそうな店なのに、たぶんここにしかないものがある。
その店は【かおりぎ】と言った。

第一章

山川夏芽、二十四歳。

イラストレーター兼会社員だった彼女は、このたび会社が倒産し、無職の状態になった。正確には専業のイラストレーターになったわけだが、イラストの仕事などほとんどもらえず、実質失業状態である。

おまけに学生の頃から付き合っていた彼氏と別れたばかりだった。

仕事と恋人を同時に失ってこの世の終わりかというほど気落ちしていたものの、現実は落ち込んでいる場合ではなかった。

イラストレーターで食べていけるはずもないので、まずは転職先を見つけなければならない。

ひとり暮らしなので家賃もかかる。

実家に戻るか、早々に転職先を探すかのどちらかしかなかった。

高校卒業後にひとり暮らしを始めたときは、社会人になる前にひとりで生活できる力をつけたいなどと偉そうなことを述べていたが、実は彼氏が気軽に遊びに来られるようにという単純な理由だった。

別れてしまった今、その家にひとりでいても鬱々(うつうつ)とするだけなので、夏芽は実家に戻ることにした。


それは実家に引っ越してしばらく経(た)ったある夜のこと。

夕食後、夏芽はさっさと自分の部屋へ戻りたかったが、母がなぜか食後のティータイムをするからダイニングに残るようにと言った。

食器を片付けたあとのダイニングテーブルに、母が紅茶を淹(い)れたカップを置く。かちゃりとカップとソーサーが触れる音が軽く響いた。

夏芽は首を傾げた。

家族しかいないのに客用のカップでわざわざお茶を淹れることはめずらしい。これまではだいたい、それぞれのマグカップで済ませていたのに。

こんな形式ばったことをして、一体何が始まるのだろうと、夏芽は少し警戒した。

父はテーブルを挟んだ向こう側にドカッと座り、夏芽をじっと見つめる。

彼は柔道と空手の有段者で体格もいいので、真正面から見られるとその気迫に圧倒されてしまう。

「ケーキがあるのよ。夏芽はどれがいい？」

母親がそう言ってケーキの箱を開けて見せた。

「え？　今日って何かのお祝いなの？」

夏芽が訊ねると、母は「特には」と笑顔で答えた。

夏芽はまたもや首を傾げ、箱の中を覗いた。

紅く鮮やかな苺が目立つ白いロールケーキと、艶やかな黒茶のグラサージュに金粉が振りかけてあるチョコレートケーキ、そして和栗のクリームがたっぷりと盛られたモンブラン。

夏芽はうーんと唸りながら少し迷った末、静かに「モンブラン」と答えた。

「じゃあ、あたしはこれ」

と母はチョコレートケーキを選んだ。

そうなると父は残り物になるのだが、彼が苺と生クリームのケーキが大好きなことを夏芽も母も知っているので、自然とそれを避けたというのもある。

昔から、父は最後でいいと言うのだが、ふたりは自然と彼の好みを残すのだった。

母が父のとなりに座ると、夏芽は「いただきまーす」と言ってモンブランの山を崩しにかかった。母も艶やかなチョコレートケーキの表面にフォークを当てた。父はケーキを目の前にしても、夏芽から目をそらさなかった。

非常に食べづらい、と夏芽は胸中で呟く。

それまで黙っていた父は夏芽と目が合った瞬間に、ゆっくりと口を開いた。

「夏芽、見合いをしてみないか?」

夏芽は丁寧に崩していたモンブランにフォークを突き刺してしまった。

「えっと、何を言ってるの?」

フォークを刺したまま、夏芽は父を凝視して訊ねた。

「父さんな、夏芽のことが心配なんだ。これから先、いい出会いがあるとは限らないだろ? それなら素性の知れた相手と出会うほうがいいのではないかと思ってな」

父は真剣な顔で話しているが、その熱気がもわっと伝わってきて、暑苦しい。

「そういう心配はいらないよ」

夏芽はさらりと拒否した。しかし父は無視して話を続ける。

「つい最近知り合いが病気で入院して、その見舞いに行ったときにお前の話が出たんだ。相手はお孫さんだが、恋人がいないらしいからちょうどいいという話になった。どうだ? 会ってみないか?」

夏芽はフォークで丁寧にモンブランを一口大にカットする。

「どうだと言われてもね。お父さんはそのお孫さんのことを知ってるの? 話したことは?」

「ない」

父はきっぱりと言い切った。

夏芽は深いため息をつきながらフォークを皿に置いて、父を睨（にら）むように見据（みす）える。

「話にならないよ。自分の知らない人を娘に紹介するなんて」

夏芽と父はしばらく無言で目を合わせていたが、横から母が口を出した。

「まあまあ、とりあえず話だけでも聞いてみたらどう？」

父も無言で大きくうなずき、夏芽は話だけならと了承した。

見合い相手の名前は矢那森稔（やなもりみのる）、二十一歳。まだ大学生だった。

いくらなんでも学生が相手とはどうなんだ、と夏芽は呆れた。

父はケーキに口をつけることもなく期待の目を夏芽に向け、母はそのとなりで黙々とケーキを食べている。

「とりあえずお断りします。まだ学生でしょ」

と夏芽は冷静に言った。

母はケーキを食べ終えて、上品に紅茶を飲んでいる。

「もうすぐ卒業する」

「三年生だからあと一年ね」

母が横からすかさず訂正すると、父は大きく咳払（せきばら）いをした。

「医療系の学生らしい。資格のある職に就（つ）く。問題ないだろう」

「私みたいなおばさんじゃかわいそうだよ」

謙遜（けんそん）して言ったつもりだったのだが、父はそれを本気にして夏芽を攻撃する勢いで彼女の問題点とやらを列挙した。

「お前はなんの取り柄もないんだから早く結婚相手を見つけたほうがいいぞ。だいたい、絵の仕事をまだ諦めていないらしいな？　いつまで夢を追いかけるつもりだ？　彼氏に振られたのもお前に原因があるんじゃないのか？」

夏芽は苛立ちを感じたが、黙った。

言い返したいが、あながち間違ってもいないからだ。

しかし、これだけは主張しておく。

「間違えないで。私から振ったんだよ」

険悪な空気の中、母がちらりと父へ視線を向けた。

「お父さん、あんまり余計なことを言ってると嫌われちゃうわよ。あ、それ食べないならちょうだい」

父は眉をひそめながら、さっと両手でケーキの皿を自分のほうへ寄せてひと言。

「俺の苺だ」

それから夏芽は無言でモンブランを食べ終えて、ダイニングから逃げるように出ていった。

夏芽は自分の部屋に戻り、照明も点けないでデスクにあるパソコンを立ち上げた。

パソコンの起動画面がまぶしく光り、彼女の陰鬱な顔を照らす。

やけに静かな夜だった。

ひとり暮らしをしていたアパートは車の走る音が絶え間なく聞こえ、周囲に居酒屋があるので夜中になると酔っ払った客たちが大声で談笑する声もよく響いた。

真夜中の喧噪が当たり前の生活だったのに、実家は静かだ。

何せ周囲は住宅街で、夜中になると人が消える。

子どもの頃はまったく気にしていなかったが、こんなに何も聞こえなくなるのだとあらためて気づいて不思議な気持ちになった。

デスクに座ってしばらくぼんやりとパソコンの画面を見つめる。

「なんにも、ない」

夏芽はひとり呟いた。

仕事もお金も特技も、女としての魅力もない。そして唯一好きだった絵を描くことさえ、今は億劫になっていた。

小さい頃から毎日絵を描いていた。将来は絵を描く仕事に就くのだとばかり思っていた。

しかし、現実はそう甘くはなかった。広い世界に出てみると、絵がうまい人はごまんといる。

しかもその中で絵を仕事にできる人はほんの一握り。

夏芽は大学時代、SNSを使って自分の絵をアップしていたところ、偶然目を留めてくれた出版社からの依頼で絵本の作画を担当することになった。

そのときは夢が叶ったのだと喜んだが、絵本は売れず、次の仕事はなかった。

学生の頃から付き合っていた元彼は、夏芽に現実を見ろと何度も言った。

よその女は自分を美しく見せるために努力をしているというのに、自分の彼女は誰にも認められることのない絵を描いているというのが、彼は気に食わなかったらしい。

それだけが原因ではないが、彼に他の女の影を察した夏芽は静かに別れを告げたのだった。

何も考えずに恋愛を楽しんでいた学生の頃とは違い、社会に出るとさまざまな困難にぶち当たり、次第に彼とは話が合わなくなった。

夏芽がそう感じていたのだから、彼も同じような思いを抱いていたのだろう。

自分の彼女が心安らぐ存在でなくなれば、他の女に目を向けてしまうのも仕方ないのかもしれないと、夏芽は彼を責めることはしなかった。

見合いを断ったものの、夏芽は相手のことが気になって、その夜はなかなか寝つけなかった。

別れたばかりの心境で見合いなど相手にも失礼ではないかと思っていたのに、朝起きてみたら年下の学生がどんな子なのか会ってみたいと思うようになった。

彼は祖父の経営するカフェに下宿していて、そこの手伝いをしている、と母から聞いた。ちなみに、その祖父が夏芽の父の知り合いらしい。

そこで夏芽はその店に行ってみることにした。

見合い相手だと硬くなりそうだが、客として行くなら自然だろうと思った。

その店は鎌倉（かまくら）にある。

最寄（もよ）りの横浜駅（よこはまえき）から電車で三十分程度の距離で、それほど遠くもないが落ち着いた町だ。

古い建物が立ち並び、木々や草花が自然と町に溶け込んで、静かで心地よくて都会の喧騒を忘れさせてくれる。

夏芽は落ち込んだときに、よくふらりと訪（おとず）れることがあった。

そんな気持ちをほぐしてくれる場所に、父から紹介された人が住んでいるのだ。

顔もわからない相手に会いに行く。不思議な緊張感に包まれる。

大昔の人は結婚するまで相手の顔がわからなかったというけれど、比較にはならずともその心境に少しばかり触れたような気がした。

町から離れた少し坂道をのぼったところにあるその店は、大昔からあるような古びた木造の建物だった。庭から生えのぼる蔦(つた)が建物の壁や窓にへばりついている。

入口の傍(かたわ)らに、店の名前と簡単なメニューが記載された看板があった。

養生(ようじょう)カフェ【かおりぎ】
珈琲　300
紅茶　300
その他　350

養生という言葉が気になったが、それよりも、ずいぶんと安く提供してくれる店なのだなと思った。

いつも行くような街で人気のカフェなんかはコーヒーだけで七百円もするから、この値段は新鮮だった。それに、その他というのが気になる。

夏芽はすっかり純粋にカフェを楽しむ気分で敷地内へと足を踏み入れた。

入口から店の扉までの細長い道に沿って庭がある。草木の他に季節の花々が彩りを添えていて、中でも小さな薄いオレンジの蕾(つぼみ)をたくさんつけている木に目をやると、なんだかなつかしさを覚えた。

丁寧に手入れがされている。

夏芽は庭を眺めながら自然と笑みをこぼした。

店の扉には鍵がかかっていた。今日はもしかしたら定休日なのかもしれない。

こっそりと横のガラス窓から店内を覗いてみると、照明は点いていなかった。

入院中の店主に代わり他のスタッフが店を開けているという情報を母から聞いていたが、店のウェブサイトもないので確認のしようがなかった。

「まあいっか」

と夏芽はひとり呟いた。

店の場所だけでも知ることができたおかげか安堵(あんど)していた。

せっかく来たのでのんびり散歩でもして帰ろうと思った。

仲秋(ちゅうしゅう)と呼ばれる今の時季は昼間は暑く、夜間は涼しい。

今日は特に真夏が戻ったのかと思うほどに太陽が照りつけて、じわりと汗をかく。町では薄着で出歩いている人を多く見かけた。

夏芽は七分袖のカットソーにロングスカートを着用して、薄手のジャケットを手に持ち、足下はソックスとスニーカーだ。

心地よい風を庭のほうから感じる。薬草のような独特の匂いと花の香りが混じって不思議な感覚に包まれる。

こういうところに住んでいたら毎日癒されるのだろうなあと思う。

こんなに静かで穏やかな景色は久しぶりだ。

ここ最近のさまざまな出来事を忘れさせてくれる。

彼のことがなくても、またここを訪れたいと思った。

近くなら毎日でも来るのに。そんなことを考えていたら、がさりと落ち葉を踏むような音がして、夏芽は振り返った。

白いシャツに黒のスラックスを着用した若い男の子が立っていた。

「あ、お客さんですか？　すみません、すぐに準備します」

彼は急いで店の扉の鍵を開ける。

夏芽は背後から慌てて声をかけた。

「あ、いいえ。今日が休業日だって調べずに来たこちらも悪いんです。ごめんなさい」

「いいえ、こちらこそすみません。実は今日、営業日なんです。すぐに戻るつもりだったのに、ちょっと用事が長引いてしまって……あ、よかったらどうぞ」

そう言って彼は笑顔で扉を開けてくれた。

夏芽は軽くお辞儀をしてから店の中に入る。

少し、緊張していた。

薄暗い店内に、温かみのある照明が点けられる。

店全体は木目調の内装で、床を踏みしめると軋む音がする。棚の上には水中に草花が入った瓶が置かれ、古書も並んでいる。

そして、草木と薬が混じったような不思議な匂いも漂っている。

アジアンカフェのようだなと思った。

「すみません。あまり綺麗な店じゃなくて」

彼は黒いエプロンを身につけながら苦笑する。

「そんなことないですよ。こういう雰囲気のお店、私は好きです」

「よかった」

彼はにっこりと笑った。

この子が稔くんなのだろうと夏芽は思った。

身長は夏芽より高いが、童顔のせいか高校生に見える。地味ではあるが清潔感のある服装と、丁寧な言葉遣いはとても印象がいい。

ふと、疑問に思う。

どうしてこの子がお見合いをするのだろう。

絶対に同級生の女の子にモテるはずなのに。

「どうぞ、座ってください」

「ありがとう」

稔に促されて、夏芽はカウンターテーブルの木製の椅子に腰を下ろす。

「何にしましょうか？」

訊ねられて夏芽は外にある看板のメニューを思い浮かべる。

「えっと……【その他】っていう飲み物が気になっていて。そのメニューを見たいのですが」

「あ、はい。えっと、メニュー……あれ？　どこだっけ？　たしかこのあたりにあったのになあ」

稔はカウンターテーブルの向こうで困惑しながらメニューを探しまわる。

「すみません、お客さん。おじいさん……じゃなかった。ここの店主が今日はお休みで僕しかいないので、メニューが見つからなくて……もしよかったら、僕のオススメでもいいですか？」

ものすごく困った顔で見つめられて、夏芽は一瞬だけ硬直した。

猫みたいに可愛い子だなあ。

そんな感想を抱きながら、夏芽は冷静に返答する。

「かまいませんよ。あなたのオススメをください」

「わかりました。あなたにぴったりの飲み物をご用意します。ちょっと待っててくださいね。あ、とりあえずお水です」

彼はそう言って、水の入ったグラスをカウンターに置いて店の奥へと引っ込んでいった。

グラスには氷が入っておらず、少しレモンの香りと塩の味がする水だった。

夏芽はそれを少しずつ飲んで、彼が出てくるのを待った。

店内に音楽が流れ始める。おそらく彼が音楽をかけたのだろう。落ち着いた曲調で二胡（にこ）の音色が心地いい。

ほどよい空調が効（き）いている。夏芽は持ってきたジャケットをバッグの上に置いた。

「なんか、癒される」

夏芽はひとり呟いて、目を閉じた。

緩やかな音楽と、不思議な香りと、店内の雰囲気。まるで、違う国へ旅行している気分である。

ここには非日常の世界が広がっている。

都会のモダンで賑やかなカフェも好きだが、こういう田舎っぽい落ち着いた雰囲気もすごくいい。

夏芽は頭の中のキャンバスに筆を走らせる。草木と花とコーヒーと、それから笑顔の素敵な男の子。

「お待たせしました」

うっとりと妄想を繰り広げていた夏芽は急に話しかけられて驚いた。

「どうかしましたか？」

「えっと……」

まさか、君の妄想をしていました、などと言えるわけがない。

夏芽は稔と目を合わせることが恥ずかしくなり、カウンターテーブルに視線を落とした。

そこに耐熱ガラスのポットとカップが置かれる。

ポットの中には庭で見かけたオレンジ色の小さな花がたくさん入っていた。注ぎ口から熱い湯気が静かに立ちのぼっている。

夏芽は訊ねる。

「これはなんですか？」

花を浮かべたお茶は見たことがあるけれど、目の前に出されたものは初めて目にした。

夏芽の疑問に対し、稔は落ち着いた口調で答える。

「これは桂花のお茶です」

「桂花？」

「金木犀ですよ。ちょうど庭に咲いていたものを摘んでノンカフェインの紅茶とブレンドしました」

「え、今これを作ったの？」

「はい。摘みたてなので香りは抜群にいいと思います」

稔は慣れた手つきでカップにお茶を注ぐ。

もわっと湯気が立ち、ほんのりと甘い匂いが鼻をくすぐった。

「いい香り」

「味もいいですよ」

「いただきます」

ひと口飲むと強い香りが口の中に広がり、飲み込むと身体の中がじんわりと温かくなった。ありふれた紅茶の味に初めて口にする金木犀の香りが合わさって新鮮だった。

「美味しい」

稔はにこにこしながら「よかった」と言った。

透明なポットの中に浮かぶ金木犀が、窓から差し込む陽光に当たってキラキラと光る。これを三百五十円で提供してくれるなんて、なんだか申し訳ない気がした。

それに、先ほど彼が言った言葉も気になる。

夏芽は疑問を口にする。

「そういえば、どうしてこれが私にぴったりのお茶なの？」

稔は穏やかな笑みを浮かべて答える。

「桂花は気のめぐりをよくします。胃腸の働きを整え、血行をよくし、冷え症に効果があるので、あなたにぴったりだと判断しました」

「え……」

なぜ、冷え症だとわかったのだろう。

夏芽は呆気にとられて言葉を失った。

稔は話を続ける。

「また、気の流れがよくなることでストレスを軽減させることができ、肌荒れにも効果があるんですよ」

稔はとても落ち着いていて穏やかだ。

先ほどの少し慌てていた様子とは一変し、しっかりした口調で語る。

夏芽は目をぱっちり開けたまま彼を見つめた。

「あ、そうだ。よかったらお菓子も食べてください。サービスです」

稔はまたもや屈託（くったく）のない笑顔になり、カウンターの向こうからアーモンド入りのクッキーを取り出した。

「ありがとう。でも、あの……どうして私が冷え性だってわかったの？」

不思議に思って訊ねると、稔は表情を変えることもなくすぐに返答を口にした。

「それは、あなたを見て判断したのです」

夏芽は胸の奥で心臓が小さく跳ねるのを感じた。

「私を、見て……？」

「はい。あなたはそんなに厚着ではないのに、足下は厚めのソックスとスニーカーを履いていらっしゃるので」

夏芽は自分の足下に目をやる。

稔は穏やかに、淡々と答える。

「そしてバッグの上に上着がある。今日は結構気温が高くて、町では薄着で出歩く人をたくさん見ました。女性は素足にヒールの人もいました」

たしかに少し汗ばむほどの陽気で、ワンピースにミュール姿の女性もいた。

夏芽はここに来るまでのあいだを思い出す。

しかし、夏芽にはその格好はできない。

なぜなら。

「こういう日はどこの店も冷房がよく効いていますし、夜になると急激に冷える。あなたは痩せ型で筋肉量も少ないように見えますので、特に冷えには敏感でしょう。だから、そのための対策をしているのかなと思いました」

稔が代わりに答えてくれた。

夏芽が驚いて言葉を失っていたら、稔は少し困惑した表情になった。

「違いましたか？」

「え？　ううん、当たってる。だけど、それだけで……」

そこまで判断できるだろうか。

そもそも、男の子がそんなことに気づけるだろうか。

少なくとも、夏芽が今までに出会った男性でここまで細かく見ている人はいなかった。

ただ、見栄えだけで彼らの好みかそうでないかを判断されることはよくあったが、そこから体調を察して気遣ってくれる人はいなかった。

稔は少し宙に目を向けて、それから視線を夏芽に戻す。

「あとは、少し肌荒れが気になりました。女性はホルモンの影響で体調が左右されますし、イライラやストレスも抱え込みがちです。だから、諸々の症状を緩和させるには桂花が一番いいかなと思ったんです」

夏芽は驚いて固まったまま、稔をじっと見つめる。

すると、彼は急に不安げな表情に変わった。

「すみません。気を悪くしましたか？」

「ううん、違うの。素直に、すごいなあと思って」

「そうですか。よかった」

稔はにっこりと笑い、テーブルの上のクッキーを勧めてきた。

「どうぞ。アーモンドは抜群の美肌効果がありますよ」

「あ、ありがとう」

夏芽はそう言って、アーモンド入りクッキーをひとつ、口に入れた。

それほど甘さはなく、後味が口の中に残らないので、いくらでも食べられそうだった。

夏芽は最初に出された水に目をやった。まだ半分くらい残っている。

「あの、もしかしてこの水も？」

訊ねると稔は小さくうなずいた。

「はい。冷えるとよくないので氷は入れませんでした。でも外はまだまだ暑いし熱中症になっては困りますから、塩分を含んだ水を提供しました」

「そこまで考えているんだ」

稔の客に対する気遣いは、学生のバイトとは思えないほどである。

もともと、そういう性格なのだろうか。

夏芽はゆっくりとお茶を飲み、クッキーを食べる。

そして稔と目を合わせた。

「詳しいんだね」

と夏芽は言った。

すると彼は恥ずかしそうにうつむいた。

「えっと、実はすべて店主の影響なんです」

「そうなの？」

稔は顔を上げると真面目な顔で夏芽と目を合わせた。

「この店の主は僕の祖父なんです。祖父は昔、医者をしていました。だけど早くに現役を退いて、ここに店を建てて、未病(みびょう)に向き合うことにしたんです」

夏芽はあまり耳にしたことのない言葉に疑問を抱き、訊ねる。

「未病？」

稔はしっかりとした口調で答える。

「未病とは、まだ病気にはなっていないけれど健康とも言えない状態のことです」

「そうなんだ。初めて聞いた」

「あまり気にする人はいませんから。だけど、未病の状態を放置しておくといずれ病気になる可能性があります。そのときは医者にかかって治療をすればいいのですが、やはり誰でも病気にはなりたくないものです。不調を感じたときに病気を予防できるのであれば、そうするに越したことはないと思います」

稔は真面目な顔で、口調も淡々としている。

祖父の影響もあるだろうが、彼自身がそのことに深く精通しているように思える。

そういえば父は、稔が医療系の学生であると言っていた。そのことも関係しているのだろうか。

夏芽はそれを口にしようとして、我に返った。

ふらりと立ち寄った知らない客が、店のスタッフの私生活を知っているわけがないのだ。

少しばかり罪悪感が胸をよぎった。

名乗ってしまおうか。それとも最後まで知らない客のままでいようか。

夏芽の心は揺れた。

耐熱ガラスのポットのお茶がだんだん減っていく様子を見ると、心なしか寂しさを感じた。

夏芽はもう少し、稔と話がしたいと思った。

稔には不思議な魅力がある。恋のようなドキドキ感とか、胸がぎゅっと締めつけられるようなものではなく、ふわっと暖かい空気に包まれるような気分になるのだ。

穏やかな物腰、素直な笑顔。そして心地いい声。

彼といると現実を忘れることができる。

どこか遠いところへ旅行をしている気分になる。

他に客は来なかったので、夏芽は稔と他愛ない話をいくつかした。

稔からは学生であることと、彼が鍼灸という東洋医学の治療法を学んでいることを教えてもらった。

今のような西洋医学が取り入れられる前は、鍼と薬で治療をしていたこと、そして漢方薬と薬膳の違いも教えてくれた。

漢方薬は生薬と呼ばれる薬草を用いて作られる【薬】であること。

薬膳にも生薬を用いられることはあるが、こちらは食事であること。

「薬膳は材料があれば誰でも作れますよ」

稔は時間の空いたときに趣味でそういった料理を作っているのだと語った。

「たまに祖父がここで料理教室をしています。僕も参加しているので、よかったら来てください」

稔から小さなチラシを渡された。

薬膳料理について簡単に記されただけのものだったが、筆で丁寧に書かれていた。

「ありがとう。ぜひ参加してみたいです」

と夏芽は言った。

　ただ、次の開催日は未定だった。

　店主が退院してからの話になるのだろう。

　帰る前に庭を見せてもらいたいと夏芽が申し出ると、稔は快く了承してくれた。

　店の扉を開けるとぶわっと強い風が吹いて夏芽の髪を乱した。

　夕暮れ時である。しかし空は厚い雲に覆われて、見えるはずの黄金の景色は灰色の雲で隠されてしまっていた。

　壁には蔦が伸び放題になっているが、花壇や植木はきちんと手入れがされており、雑草も刈り取られて歩きやすくなっている。

　木陰には一組分のテラス席があって、綺麗な状態が保たれていた。

　庭の手入れも稔がしていると言う。

「若いのにすごいね」

　と夏芽が言うと、稔は軽く首を横に振った。

「そんなことはないですよ。僕が好きでやっているので、苦だと思ったことは一度もないです」

「勉強にお店に庭のお手入れもして、遊ぶ時間がないんじゃない？」

　そう言うと稔は「あはは」と笑った。そして穏やかな表情で庭にある金木犀を見つめた。

「遊ぶ時間というなら、この庭と向き合っているときがそうですね。好きなことをしているときが一番楽しいですから」

夏芽は稔の表情を見て少し胸がざわついた。

好きなこと。それは夏芽もそうだった。

昔から絵を描いているときは他のどの時間よりも楽しくて幸せだったのに。

どうして、苦しくなってしまったのだろう。

「私、最近いろいろとうまくいっていなくて、悩んでいたんだけど、ここに来てよかった。ちょっと、元気になれた」

本心から出た言葉だった。

張り詰めていたものが緩んで、身体の中から毒が抜けていく。同時に気も抜けたみたいに、悩んでいたことがどうでもよくなってきた。

おそらく、この自分の状況をどうにかしなきゃと必死にもがいていたのだろうけれど、苦しくてどうにもできなかったのだ。

立ち止まって、休んでもいいのかもしれない。

「そう言ってもらえて嬉しいです。よかったらいつでも来てください」

稔の屈託のない笑顔に、夏芽は戸惑った。

心の底からじわじわと沸き起こる感情がどういったものなのか、夏芽にはまだ理解できない。

風がひゅうっと吹き抜けて、夏芽の髪をバサバサと揺らした。

「毎日、来たいな」

ぼそりと言ったその言葉は、風の音にかき消された。

夏芽は稔と向かい合って、冷静にお礼を口にする。

「今日はありがとうございました。興味深いお話も聞かせてもらって、楽しかった」

すると稔は慌ててぺこりとお辞儀をした。

「こちらこそ、ありがとうございます」

風が強くなってきて、木の葉が舞い散ると同時に夏芽の髪の毛を激しく揺らす。夏芽は自分の顔に張りつく髪を手でかき上げた。

その瞬間、稔と目が合った。

夏芽は決心して、名乗ることにした。

誠実な彼に対し、このまま黙って去るのは失礼であると思ったから。

「私は山川夏芽です」

稔は驚いた様子で目を見開いた。

夏芽は複雑な思いを抱えながらも、彼にきちんと向き合うことにした。

「本当は君のことを知っていたの。父から、君の話を聞いて、君のことが知りたくて、こっそり来てしまいました。黙っていてごめんなさい」

夏芽は深く頭を下げた。

もしかしたら軽蔑(けいべつ)されてしまうかもしれないが、それでも黙ったままでいたくなかった。

たとえ嫌われてしまっても、それでもう会えなくなるなら、最後は正直な姿を彼に見せたいと思った。

「夏芽さん……」

稔は目を丸くして夏芽を見つめた。

彼がどう思っているのか、夏芽にはわからない。

少しのあいだ沈黙があった。それが夏芽には非常に長く感じられて、気まずさに苦しくなる。

自分で話を振っておきながらこの空気をどうすればいいのか、今さら悩む。

風が強く吹いて冷たい雫(しずく)が額(ひたい)に触れた。

稔の視線から逃れるように、夏芽は顔を上げる。

雲が重くのしかかるように空一面を覆っていた。

「ああ、降ってきたわね！」

「あら、ここがあなたの行きつけの店なの？」

　初老の婦人が三人、店にやって来て、夏芽と稔はそちらへ目をやった。

「早く入りましょ。あら、稔くん」

　婦人のひとりが声をかけてきたので、稔は慌ててそちらへと向かっていった。

「いらっしゃいませ」

「誠司さんはまだ入院中なの？」

「そうですね。でも、ずいぶんよくなりましたからもうすぐ退院しますよ。どうぞ中へ」

　稔に案内されて、婦人たちが店内へと足を運ぶ。

　夏芽はその様子を見送ってから帰ろうと思った。

　稔がちらりとこちらを向いたので、夏芽は黙ってお辞儀をして、それから立ち去ろうとした。しかし。

「夏芽さん！」

　名前を呼ばれてどきりとした。

　稔は傘を持って夏芽に走り寄る。

「これ、持っていってください」

　稔は傘を差し出しながら、不安げな、困惑ともとれる表情で夏芽を見つめた。

受け取ると、傘のずしっとした重みを感じた。

店の中から稔を呼ぶ声が聞こえた。

稔はそちらへ顔を向け、それから少しうつむき加減で夏芽に軽くお辞儀をした。

夏芽が傘のお礼を口にする間もなく、稔は店の中へ駆け込んでいった。

頬を雨が伝って落ちる。

夏芽は傘を開いた。黒い男物の傘で、かなり大きなサイズである。

ぽつぽつと傘に雨粒が落ちて、やがてその数が増えると、あたりはひやりとした空気に満ちあふれて瞬く間に風景の色を変えた。

雨と草木が混じった独特の匂いは、吸い込むとまるで身体が浄化されていくようで、心地よい。

そんな空気の中を、夏芽はゆっくりと歩いて帰る。

稔の傘は夏芽をきちんと雨から守ってくれた。

雨はそれほど長く降り続くこともなく、夜が訪れると同時に止んで、また静寂な世界の中で夏芽はひとりぼんやりと自分の部屋の窓から外を眺めた。

相変わらず不気味なほどの静けさである。ここがあの店だったなら、庭から虫の声や風の音がするのだろうか。

夏芽は目を閉じて、今日あった出来事を静かに思い返した。

ほんの一時間程度だった。

たったそれだけ。それなのに、ずいぶんと昔から知っているような居心地のよさを稔に感じていた。

ただそれは、彼の人柄によるものだ。

店を訪れた客たちからも、稔は好かれているようだった。きっと彼はこれまでも、同じような接客をしてきたのだろう。

夏芽にしていたのと同じように。

ちくり、と胸の奥に小さな痛みが生じた。

同時に、何か石を抱えているような重みも感じた。

「投げやりになっちゃったな……」

夏芽はため息をついた。

名乗ったことを後悔してはいない。

しかし、あまりにも中途半端になってしまった。

もっと早く話しておけば、いや最初から名乗っていれば。

そんなことを考えてはため息ばかりが口からこぼれる。

当たり前だが稔は驚いていた。

あまりいい印象ではなかったような気がする。

軽い気持ちで店に行ったはずなのに、あのたった一時間で夏芽は彼に興味を惹(ひ)かれた。

ネットで何気なく金木犀について調べた。

九月中旬から十月下旬に咲く花である。

しかし花の寿命は非常に短く、たった五日程度で終わってしまう。

強い香りのする花だが、あまりにも儚(はかな)い。

夏芽は棚の奥にしまい込んでいたスケッチブックと色鉛筆を取り出した。そして膝を折って床に座り、ベッドに背を預ける。

スケッチブックを開くと真っ白なページが現れた。ここ数年はずっとデジタルで絵を描いていたので、紙は久しぶりだった。

夏芽は色鉛筆を手に取り、さらさらと白い世界に色をつけていく。

どんなふうに描こうとか、そういったイメージは頭になく、感覚だけで手を動かしていった。

少し曇った薄暗い背景に、緑の草木とオレンジや黄色の花が次々と現れる。

思い出すのは風の音。木の葉の揺れる音。草のなびく音。

薬草のような独特の匂い。甘ったるい香り。

そして、雨の匂い。

澄んだ空気を吸い込んだときの心地いい感覚。

だけれども、少し重くて、寂しい。

薄く彩った景色の細かい部分を少しずつ濃くしていくと、だんだん鮮やかになっていく。それでも彩度は低めにしておいて全体的に落ち着いた雰囲気に仕上げた。

夏芽は少し手を止めて、静かに深呼吸をした。

これで終わりじゃない。

あの庭はきっと、普段はこんなふうには見えないはずだ。

夏芽は赤とオレンジと黄色を手に持つ。

そして、ぼんやりとした風景の上から明るい色を重ねていった。

店の位置と方角は記憶している。太陽の傾く方向もわかっている。

それならば、あの時間は別の景色が見えたはずなのだ。

木の葉の緑は光を浴びて赤く色づき、焦(こ)げた暗い幹の色は明るく映え、オレンジの花は黄金色に輝く。

暗然(あんぜん)たる風景はやがて、華々しく一変した。

そこにあるのは、夕映えの【かおりぎ】の庭だ。

これでイラストは完成だったけれど、夏芽は庭の隅っこにひとりの人物を描いた。

それは後ろ姿であり、顔は見えないけれども、すらりと背の高い人物である。

その人物も金色の光を浴びて、こちら側からは見えなくても、きっときらきらしている。

夢を持ち、未来を見据えて、毎日を大切に生きている。

夏芽は色鉛筆を置き、仕上がったイラストをそっと自分の目の前の床に置いた。膝を折ってぎゅっと両手で抱きしめて小さくうずくまったまま、その風景に目をやった。

うらやましい。

そして、まぶしくて、どこか愛おしいと思った。

＊

あれから一週間が経った。

急に冷え込んだかと思えば、一日だけ気温が上がったりと不安定な日々が続き、着るものに困った。

秋は短い。そろそろ衣替え（ころもが）えをしようと思っていたら、あっという間に冬だ。

夏芽は相変わらず無職の状態で、平日は職業安定所に行くか、ネットに登録した転職サイトを閲覧（えつらん）して過ごした。

なんの資格も持たない自分にできる仕事は限られている。

『あなたに合う職種は見つかりませんでした』

条件を入力して検索すると、まあだいたい出てくる文言である。

こういうとき、お前にはスキルも能力も何もないと宣言されているようで、それは本当のことなのだが我ながらほとほと呆れてしまうものだ。

贅沢なのだと言われればそうなのかもしれない。選ばなければ、仕事はいくらでもある。

部屋の窓を開けると涼しい風がさらりと頬を撫でた。

今日はそれほど寒くない。そして快晴である。

絶好のお出かけ日和だ。とはいえ、行く場所は決まっている。

「仕事、見つけなきゃ」

夏芽は自分の部屋を出て、玄関へと向かう。

すると母に呼び止められた。

「夏芽、そろそろ返さないと相手の人が困るわよ」

母は玄関に置いてある黒い傘に目をやりながら言った。

稔の傘であることは言っていない。

友人に借りたと母には伝えていて、稔と会ったことは話していなかった。

それでも、向こうから何かしら父に話が伝わるのではないかと思ったが、父はまったく話題に出すことはなかった。むしろ、まだ夏芽に早く結婚相手を見つけるんだぞと言うばかりだった。

「そうだね。返しに行くよ」

夏芽は黒い傘を手に取って、玄関のドアを開けた。

「いってきます。少し、遅くなるかも」

そう言うと、母は笑顔で「いってらっしゃい」と見送ってくれた。

朝と晩や休日の横浜駅は人と人がぶつかりそうなほど混雑しているが、昼間は少し余裕がある。とは言え、人は多い。東と西で出口があり、双方から一気に人が流れ込んでくるが、慣れた人々はぶつかることなくスムーズにすれ違う。それは以前の夏芽も慣れた足取りで改札へ向かうが、自然と早足になってしまう。それは以前の通勤ラッシュの感覚が抜けきれていないからだろう。

夏芽はちょうど到着した電車に乗り込んで座席に腰を下ろした。

車内はがらんとしていた。

ついこの前までぎゅうぎゅうの満員電車に押し潰されそうになりながら通勤していた毎日が嘘のように感じられた。それでも、そのとき自分は社会人として立派に社会に貢献している、などという気持ちがあったことはたしかだ。

今ではどこか後ろめたさを感じながら、ゆったりと電車に揺られている。

夏芽はトートバッグからスケッチブックを取り出してぱらぱらとめくった。

あれから何枚か描いてみたものの、思い通りに描けたのは最初の一枚だけだった。

描いたというよりは、衝動的な思いをぶつけたというほうが正しいのかもしれない。

スケッチブックを静かにバッグにしまい、あとは窓の外の景色を眺めて過ごした。

夏芽は観光客と思われる人たち数人と一緒に電車を降りた。

男女のふたり組や女性の集団が、スマホを手に持ち景色や自分たちを撮影している。

大きなカメラを持った外国人観光客の姿も見られた。

楽しげな風景に、夏芽の胸中は複雑である。

夏芽は観光客とは別の方向へ歩く。

緩やかな坂道をのぼると、緑の風景が広がっていく。

ひそやかな景色に鳥のさえずりが心地よく響く。

その店の前に来ると、たった一度しか訪れていないのに、とてもなつかしく感じられた。

この前と変わらない場所、そして少し変化のある庭。

金木犀の花は散っていた。

店内は平日の午後なのに賑やかで、ほとんど女性客だった。

「いらっしゃいませ」

客と話し中だった中年の女性店員が顔を上げて、笑顔で迎えてくれた。

すると、話していたテーブルの客たちが夏芽を見て声を上げた。

「あら、この前の子じゃない？」

「まあ本当。美人だから覚えてるわあ」

前回、帰り際に店ですれ違った初老の婦人たちであることを思い出す。

夏芽は軽くお辞儀をして、女性店員に傘を差し出す。

「このあいだ、この店の方にお借りしたものを返しに来ました」

店員は傘を受けとりながら、にっこりと微笑む。

「まあ、そうですか。どうぞ、よかったら裏へまわってみてください。そこにいると思いますから」

「裏……？」

夏芽は言われるがまま、店の裏庭へと足を向けた。

そこは小さな菜園のようになっていて、老齢の男性がひとり、腰を屈めて雑草を取り除いていた。

一歩足を出したときに、がさりと音を立てて枯れ葉を踏みつけてしまったせいで、老人はこちらを振り向いた。

「お客さんですか？」

と訊ねられて、思わず背筋を伸ばして名前を告げる。

「山川夏芽です。はじめまして」

すると、老人はにこやかな表情で立ち上がった。

身長は夏芽よりやや低いが、すらりとした体形は稔と雰囲気が似ている。

「そうか。君は仁志くんの娘さんか。私は矢那森誠司。君のことは覚えているよ」

「え？」

「とは言え、最後に会ったのは君が五歳の頃だ。綺麗な娘さんになったね」

「え……いいえ」

夏芽は照れくさいような気持ちで目をそらす。

「どうぞ、こちらへ。少し話していかないか？」

アイアン製のガーデンチェアに促されて、夏芽は静かに腰を下ろした。

誠司は一度裏口から店内へ戻り、しばらくすると両手に湯呑みを持って出てきた。

「さあ、どうぞ」

「ありがとうございます」

受けとると、湯気とともにふわっと強い香りが鼻をくすぐった。

「金木犀ですね」

「散る前に摘み取ったのさ。本当は蕾の状態がもっとも香りがいいのだがね」

夏芽は「いただきます」と言って湯呑みに口をつける。

ひと口飲むと烏龍茶の味と金木犀の香りで満たされた。

明るい陽光が木の葉のあいだからこぼれるように降り注ぐ。

澄んだ空気と甘い香り、そしてほんのり苦みのある味が、身体に溶け込むように流れていく。

夏芽はふっと緊張がほぐれるのを感じて、ほっとため息をついた。

「そういえば、父から体調が思わしくないと聞いていました。もう大丈夫なのですか？」

「ああ、持病でね。一時的に悪化してしまったが、今は回復した」

「そうですか」

「庭が心配でおちおち寝てもいられなくてね」

そう言ってにやっと笑う誠司を見て、夏芽も顔をほころばせる。

「とても丁寧にお手入れされていますね」

「孫が優秀なんでね。助かっている」

「稔くんですね。このあいだお会いしました」

稔のことを思い出すと、安心感とともにどことなく別の感情がつきまとう。

「もう任せてもいいと思うのだが、あの子にこの家を背負わせるのはかわいそうだ。若い子はもっと広い世界へ出たほうがいい。この店もそろそろ潮時かな」

夏芽は少し驚いて、誠司を見た。

「お店をやめるのですか？」

「私もそろそろ隠居する歳だ。常連さんには申し訳ないがね」

「そうですか」

夏芽はそう言ったきり、黙った。

店内から客の談笑する声が聞こえる。

この場所を失ったら、困るのは夏芽だけではないだろう。無性に逃げ出したくなるときに、こんな場所があったなら、心を休めてもう少し、頑張ってみようかなという気分になる。

「私は……」

そう言いかけた次の瞬間、言葉を遮（さえぎ）られてしまった。

「夏芽さん！」

夏芽は驚いて思わず「稔くん」とその名を呼んでいた。

すると誠司がゆっくりと立ち上がり、夏芽に笑顔を向けた。

「あとは若い者同士で」

そう言うと、誠司は稔にも笑顔を向けて、店の中へ戻っていった。

たったふたりで残されて、何を話せばいいのか、夏芽は妙に緊張して、まともに稔の顔を見ることができなくなった。

視線をそらしたその先に、薙刀香需(なぎなたこうじゅ)の紫がゆらゆらと風に揺れて独特の香りを振(ふ)り撒(ま)いていた。

あんな中途半端なことになって気まずいのもあるけれど、ちゃんとお礼を言わなきゃと思い、夏芽は自分を奮(ふる)い立(た)たせてまっすぐ彼に目を向けた。

「あ……えっと、傘を、ありがとう。返すのが遅くなって、ごめんなさい」

声がわずかに震えて風の音に交じった。

しかし、稔はしっかり聞きとってくれたのか、夏芽をまっすぐに見つめて返答した。

「いいえ。お役に立てて……何より、です……」

その稔も声がだんだん小さくなり、少し頬を赤らめながら夏芽から視線をずらした。

あたりがしんと静まり返る。

ただ、鴉(からす)の声が遠くでする。

稔の背後に広がる空は青から明るい紫へと変化していく頃だった。雲の表面に黄金の色がつき、時間を見なくとも夕暮れへ近づいていることを感じさせる。

からりとした風と草木の匂いを吸い込むと、不思議となつかしさを覚えた。

夏芽はふっと軽く息を吐き、稔に笑顔を向けた。

「この前は驚かせてしまってごめんなさい」

謝ると稔はすぐに視線を夏芽のほうに向けて、軽く首を横に振った。

「来てくださって、すごく、嬉しかったです」

稔は照れくさそうに頭をかきながらあまり夏芽と目を合わせられないようだった。

その様子を見ると夏芽も妙に気恥ずかしくなり、どう話題を広げていいか悩んだ。

店員と客という関係だったあの日は、稔はあれほど饒舌（じょうぜつ）に語っていたというのに、夏芽だとわかると会話すらままならないようだった。

風がさらりと夏芽の髪を撫でるように吹き抜けた。

夏芽は頬に触れる髪の毛を指先ですうっと耳にかけて、それからしっかりと稔に向き合った。

「あの、私……ちゃんと、言っておかなきゃいけないことがあるの」

「はい、なんですか？」

稔は少し不安げな表情になった。

夏芽はある種の覚悟をして、いったん心を落ち着かせるように息を吐くと、しっかりした声で伝えた。

「私は今、仕事を探しているところで貯金もあまりないの。それに、女としての魅力もあるとは思えないから、このお見合いはなかったことにしてほし……」

稔が驚いた顔で「えっ？」と声を上げたので、途中で遮られてしまった。

稔は呆気にとられた表情で夏芽をまっすぐに見つめて訊く。

「お見合いってなんですか？」

今度は夏芽が「えっ？」と言う番だった。

狐につままれたような気分とは、こういうときに言うのだろうか。

夏芽は言葉を失って、少々混乱した。たしかに父はお見合いだと言ったはずだ。稔が相手だとも言った。それなのに、肝心の相手がそれを知らないとはどういうことなのか。

しかし、稔は本当に何も知らないようで、夏芽に重ねて訊ねた。

「お見合いって……誰の、ですか？」

もしかしたら、何か誤解があったのかもしれない。

この話を持ち出してしまったことを、夏芽はひたすら後悔した。

ただ、ただ、恥ずかしい。

「ごめんなさい。聞かなかったことにして」

これ以上稔の顔を見ることができず、夏芽は顔を背けて一歩、二歩、彼から離れた。

すると、すぐに稔が近づいてきた。

「あの、僕が夏芽さんに会いたいって言ったんです！」

夏芽が驚いて振り向くと、稔と視線がばっちり合った。日の光の当たり具合なのか、稔の瞳はとてもきらきらして見える。

「えっ、どういうこと？」

夏芽が訊ねると、稔はまた頬を赤く染めて視線をよそへ向けた。

「実は、僕は夏芽さんのファンなんです」

稔はそう言って、真っ赤な顔を夏芽に向けた。

それでも、口調はしっかりとしている。

「前に絵本を出版されましたよね？　そのときに、祖父から夏芽さんのことを知っていると聞いて、つい会ってみたいと言ってしまったんです。それを、誤解されてしまって、ご迷惑をおかけしたなら、申し訳ありません」

稔は言い切ったあと、すぐに深く頭を下げた。

夏芽は胸の奥がじんと痛み、安堵と物寂しさの入り交じる複雑な気持ちになった。

稔が会いたいと言ったことが、どのようにしてお見合いの話になってしまったのか、それは夏芽にはわからない。だが、あの父のことだから舞い上がって勘違いをしたのかもしれないと思った。

腰を折ったままの稔に、夏芽は静かに声をかける。

「頭を上げて。あなたは何も悪くないよ。それに、私はそんなふうに言ってもらえるほどの実力はないの。世間からそんなに評価もされていないし、絵を描く機会ももうなくて……」

稔は頭を上げると、今度は真剣な眼差しを夏芽に向けた。

「他の誰がどう評価しようと、僕はあなたの絵が大好きです」

夏芽は驚いて絶句した。目を見開いて、じっとこちらを見つめる稔の表情に釘付けになる。

稔は少し表情を緩めて、困惑したような照れくさそうな顔で少し目をそらしながら言った。

「僕はあの絵本のイラストを見たときにすごくなつかしくて温かく感じました。きっと自然が好きで、あらゆる彩り豊かなものを受け入れて、それを素のままに表現できる人なんだなあって思いました。綺麗な絵とか、かっこいい絵とか、そういうのがいいと言う人もいますが、僕は夏芽さんの絵が好きです」

稔は最後の言葉の部分はしっかりと夏芽に目を向けて言った。

「そんなふうに、言ってくれる人、初めて……」

と夏芽はぼそりと言った。

もしかしたら、おじいさんの知り合いだから、おだてているのかなと、偏屈な感情が覗いてみたりしたものの、素直に受けとると嬉しくて、夏芽は心の底から救われたような気持ちになった。

「ありがとう、すごく嬉しい」

そう言うと、稔は照れくさそうに頭をかいた。

夏芽はトートバッグの中からスケッチブックを取り出した。ぱらぱらとめくって、一番新しいページを開く。

「もうずっと描けなかったんだけど、ここに来て君と出会って、この庭を見て、その日の夜に無性に描きたくなったんだ」

夏芽は自分が描いた想像上の【かおりぎ】の庭を、稔に向けて見せた。

「久しぶりだったから、少し腕が鈍(なま)っているんだけど」

夏芽は苦笑しながらそんな言い訳を口にする。

しかし、絵を見た稔は「わっ」と感嘆の声をもらした。

「あの、近くで見てもいいですか？」

「いいよ」

夏芽が了承すると、稔はじりじりと遠慮(えんりょ)がちに近づいて、スケッチブックに目を落とした。

稔は驚いたような表情で固まっていたが、それでも夏芽の描いた絵をじっと見つめた。まるでその世界に吸い込まれてしまいそうなくらい、彼は危うげで切なげな瞳をしていた。夏芽にはそう見えた。

稔がいつまでも見ているので、夏芽はなんだか恥ずかしくなってきた。それほど夢中になれるほどの画力とは、到底思えないからだ。

「あの……稔くん」

夏芽が声をかけると、彼は我に返ったように頭を上げた。

「すごいですね……どう言えばいいのか、いい言葉が見つからないんですけど」

稔は頬を赤らめながら、それでも夏芽にしっかりと目を向けて、笑顔で言った。

「綺麗です。とても」

稔の顔は夕日の色に染まり、きらきらと輝いて見えた。

そのまぶしさのせいなのか、それとも綺麗だという言葉のせいなのか、夏芽はさらに恥ずかしくなった。

勘違いをしてはいけない。稔はあくまで自分の絵を好きでいてくれるのだから。

夏芽は胸の内で何度かそう言い聞かせた。

庭全体が徐々に同じ色に染まり出す。木々も草花も稔もぜんぶ、まばゆい景色に様変わりした。空から地上までのすべてが、黄金色の世界である。

夏芽が描いた景色は、現実に存在していた。

「よかった。なんとなく、こんなふうに見えるかなって思ったんだけど」

夏芽は謙遜して言ったつもりだったが。

「夏芽さんの絵と一緒ですね」

稔は正反対の表現を口にした。

現実の景色のほうが夏芽の絵にそっくりだというような表現。

稔にとってはたったひと言。それが、夏芽には身に沁みるほど嬉しかった。それこそ、胸の奥がじんとして、涙がにじむくらいに。

「ありがとう」

と夏芽は微笑んで言った。

すると、稔は何かを思い出したように表情を変えて言った。

「僕は祖父から夏芽さんの絵本を見せてもらって、それでファンになったのですが、実はもっと熱狂的なファンがいらしたんですよ」

夏芽は驚いて目を丸くした。

まさか、他にも自分の絵を気に入ってくれている人がいるなんて。

「稔くんの家族の人？　それともお友達かな」

夏芽はあまり深く考えず、気軽に訊ねてみた。

そうしたら、思いもよらない返答があった。

「夏芽さんのお父さまです」

夏芽は一瞬、耳を疑った。稔の言った言葉を頭の中で繰り返す。

父が、夏芽のファン。それも熱狂的な……

考えてみても信じられないので首を傾げて苦笑した。

「嘘……だって、そんなはず……」

あれほど夏芽のイラストの道を反対して、夢を追いかけるのをやめろと言ったくせに。

「本当ですよ。夏芽のやりたいことを否定していたくせに。夏芽さんのお父さまがたくさん絵本を抱えて、知り合いの方々に配っていたみたいです。祖父から聞いた話ですが、すごく嬉しそうにしながら、娘が描いたものだって伝えていたようです」

稔が嘘をついているようには見えない。それどころか、素直な笑顔でそう言ってくれるのだ。信じがたいことではあるが、稔の表情を見ると、胸の奥にすとんと落ちる気がした。

あの父が、そんなふうに喜んでくれていたなんて。

「褒めてくれたことなんて、一度もないのに……」

胸が熱くなり、言葉に詰まる。

「きっと、照れくさかったんですよ」

　稔に満面の笑みでそう言われて、夏芽は急激に目頭が熱くなった。

　あふれそうになる涙を堪えながら空を仰ぐと、金色から瑠璃色に変化していくところだった。

　あたりが薄暗くなってくると、外壁に取り付けられている小さな照明が点灯した。

　暖かいオレンジ色の光がこの庭と稔の顔を照らしている。

【かおりぎ】の庭が夜になる。

　月が出ればここはもっと幻想的な空間になるだろうと夏芽は想像した。

　そうしたら、どんな絵を描くことができるだろう。

　今夜は満月である。そのときの庭の風景を、見てみたいと思った。

　店の中から女性店員が出てきて、稔に挨拶をした。どうやら勤務時間が終わったようで、稔に仕事を引き継いでいた。

　女性店員は夏芽と目が合うとにこやかに会釈をした。

　夏芽も彼女に会釈をした。それからスケッチブックをバッグに収めていると、稔から声をかけられた。

「夏芽さん、よかったらお茶でも飲んでいきませんか？」

　夏芽が目を向けると、稔は少し目をそらして、また照れくさそうにしながら言った。

「もう少し、夏芽さんとお話がしてみたいです」

それは好きな作家だからということなのか、それとも別の意味で言っているのだろうか。夏芽には判断できない。

それでも、今は、夏芽も同じ気持ちだった。

「うん。私も、もっと稔くんと話したいと思っていたの」

稔は少しぎこちない笑顔を向け、小さくうなずいた。それから彼は店の扉を開けて「どうぞ」と夏芽を招いた。

「ありがとう」

店の中はじわっと暖かくて、草木と花と薬と、それから香ばしい珈琲の匂いがした。

第二章

今日は十月なのにまるで夏に戻ったみたいに暑い。

夏芽はスーツを着用して、人でごった返す新横浜駅構内を歩いていた。新幹線のぞみの止まる駅であり、都心からも近いので、かなり人が多い。

スーツを着た人たちは多くいるが、皆しっかり仕事をしているのだろうと夏芽は思った。同じ姿をしていても、夏芽は違う。

今日の面接も散々だった。雇用人数が少ないところにその倍以上の人が来るのだ。会社側はふるい落とすための面接をする。

小さな会社の事務職をしてきて資格もない夏芽には、その競争に勝ち抜く力はなかった。

年齢的にも正社員の仕事に就きたいと思った。できれば長く勤められるところがいい。まだ若い部類ですぐにでも仕事が見つかるのではないかと高をくっていたことは認めざるを得ない。

足が痛い。踵が低めのパンプスを履いているが、歩きすぎたというよりは、最近家にいることが多くて運動不足だったというほうが正しい。

電車のホームに立ち、待っているあいだにスマホを取り出したら、大学のときの友人グループからメッセージが届いていた。

『結婚します。ぜひ式にみんなで来てね！』

可愛いハートのスタンプが添えられていた。

他の友人たちからも次々と返信のメッセージが届く。

『おめでとう。絶対行くわ』

『おめでとー！』

『楽しみにしてる』

夏芽もそれに続いて『おめでとう』とメッセージを入れた。

友人の結婚報告はとても嬉しい。幸せになってほしいと心から願う。

それなのに、夏芽は同時に胸の奥がちくりと痛むような切なさも感じた。

結婚をする子はとても人柄がよく、誰にでも好かれるタイプだ。広告代理店に就職し、大学から付き合っている彼氏とは順調で、本人は二十五歳には結婚したいと言っていたので夢が叶ったということだ。

こんなことを考えてはいけないとは思いつつも、うまくいく人はなんでもうまくいくんだなあと夏芽はため息をついた。もちろん、周囲の知らないところで本人には苦労もあったことだろうが、今の夏芽にそこまで考える余裕などなかった。

　夏芽は帰宅したあとスーツを脱ぎ捨て、ジーンズと薄手のセーターに着替えた。上着は手に持ったまま、スニーカーを履いてもう一度家を出る。

　ぺたんこの靴で地面を歩くと、先ほどまでのパンプスの違和感が足にまとわりついてふらついた。

　どうしようもなく逃げ出したい気持ちになった。

　だから、横浜駅から鎌倉行きの電車に乗ったのだった。

　帰宅ラッシュにはまだ早い時間帯だ。それなのに、電車は満員とまではいかなくとも結構混雑していた。

　そういえば明日から連休であることを思い出す。もしかしたら、早めに休暇を取って旅行に来ている観光客が多くいるのかもしれない。

　鎌倉は観光名所として知られていて、国内のみならず海外からの観光客も多い。古い街並みや有名な寺や神社がたくさんあり、日本の風景をじっくりと堪能できる。

　真夏は海水浴客であふれ返る由比ヶ浜（ゆいがはま）は今の時期はとても落ち着いていて、涼しい風と波の音を感じながら散歩をするのも最高だ。夕方になればそこはもう、すべてが金色の世界となる。ゆっくりと海に日が沈んでいく風景は豪快であり、切なさも感じさせる。

多くの山と広い海に囲まれて、どこかなつかしい記憶を思い起こさせる街並みと、その向こうにそっと佇む富士山の光景は、実に風光明媚である。

忙しく動きまわる世界に心が疲れてしまったときに、ふと訪れたくなるものだ。しかし、夏芽にとってはすでに、それだけが目的ではなくなっていた。

【かおりぎ】に行きたいのだ。

ガイドブックやカメラを手にした観光客たちに交じって、夏芽はひとり目的地に向かって歩く。途中、観光客に写真撮影を頼まれることもあったが、快く引き受けた。楽しそうにするその様子を見ていると、夏芽も心が和らいだ。

おそらく誰もが現実の日々を忘れ、非日常を満喫しているのだ。旅行客ではないが、夏芽もそのひとりだった。

緩やかな坂道をのぼっていく。途中、食事処や甘味処があり、観光客で賑わっている。もうしっかりと記憶している道だ。

もう少しのぼったところにカフェ【かおりぎ】がある。自然を満喫する環境としては最高の立地だが、少し奥まったところにあるので初めて訪れる観光客には見逃されがちである。

それでも破格の安さで提供しているのだから、店主は儲けなど考えてはいないのだろう。維持費などをいろいろと考えたら、経営は大丈夫なのかなと夏芽は余計なことが気になった。

　夏芽が店に辿りつくと、男女数人の客がちょうど出てきたところだった。しかし、彼らはどうやら店の中には入れなかったようだ。

「残念。席が空いてないって」

「せっかく探して来たんだけどね」

　彼らのひとりがガイドブックを手にしてため息をついた。

　店内は満席のようで、入口で待っている客がいる。それに、庭で写真を撮っている人もいた。

【かおりぎ】は繁盛していた。

　連休前とは言え、平日の昼間にこれほど混雑するとは、思いもよらなかった。夏芽は店の入口から店内を覗いてみたが、いつものゆったりとした雰囲気が感じられないほど賑やかだった。

　店の中では稔が忙しく動いていて、カウンターの奥では誠司が珈琲を淹れているのが見えた。先日の女性スタッフはいないのだろうかと夏芽は疑問に思った。この状態の店をふたりでまわすのはかなり厳しいだろう。

　夏芽は店の裏側にまわり、裏口のドアを開けた。するとカウンターのこちら側にいた誠司が気づいて声をかけてきた。

「おや、夏芽さん。よくおいでくださった」

「混んでますね」

「うちの店がガイドブックに掲載されてね。それで知った人たちが来てくださったんだが、今日はスタッフがひとり欠けて手がまわらなくなっちまった」

誠司がいくつかのカップにハーブティーを淹れているあいだに、客席から声が上がった。

「すみませーん。お水くださーい」

誠司は「はい」と返事をしたが、とてもそちらに対応できる状態ではなさそうだったので、夏芽はとっさに申し出た。

「手伝います」

「え？　しかし……」

戸惑いの表情をする誠司に、夏芽は笑顔で返した。

「居酒屋でアルバイトをしていたので、接客は得意です」

それを聞いた誠司は満面の笑みで「それは助かる」と言った。

夏芽は誠司からエプロンを受けとり、丁寧に手を洗って消毒スプレーをしたあと、グラスに水を注いでトレーに置き、それを手にして賑やかな店内へと飛び込んだ。

「お待たせしました」

と言って夏芽は水を頼んだ客のテーブルにグラスを置いた。するとそのすぐあとに別のテーブルから客の声がした。

「すみません、注文いいですか？」

「すぐに行きますので少々お待ちください」

答えたのは稔だった。稔は別の客の対応をしていたのだが、声のするほうへ返事をした。

夏芽は稔の肩をぽんと叩いて声をかけた。

「私が行くわ」

「夏芽さん？」

稔は夏芽が来ていることに気づいていなかったようで、驚いて声を上げた。

「接客経験があるの」

夏芽がにっこりと笑うと、稔も笑顔で「ありがとうございます」と返した。

夏芽が客席に行くと、客はすでに注文するものを決めていたようで早口でそれを言った。

「コーヒーと紅茶にバナナケーキ、それとかぼちゃのシフォン、あなたはえーっと、ロイヤルミルクティーよね。それから……」

「ガトーショコラよ」

「そうそう、それ。以上です」

夏芽は冷静に客の言ったことを繰り返す。

「コーヒー、紅茶、ロイヤルミルクティー、バナナケーキ、かぼちゃシフォン、ガトーショコラですね。少々お待ちくださいませ」

メモをする紙もペンも持っていない。だから暗記するしかなかった。それでも夏芽はこういうことに慣れているのですんなりと頭に入れた。

カウンター裏に行くと誠司が忙しそうに作業をしているので、夏芽はカウンターの隅に置いてあるメモ書き用の紙にペンで注文の品を書き出した。それを、別の客の注文の書かれた紙と並べて置く。

「すまないね、夏芽さん。これは入口右のテーブル席のお客さんだ」

誠司がそう言って紅茶ふたつとクッキーの入った小さな籠(かご)をトレーに置いた。

夏芽は「はい」と返事をしてそれを客のテーブルまで運んだ。

中年の女性ふたりがおしゃべりをしている。夏芽は客のひとりがこちらに気づいて目を向けた瞬間に声をかけた。

「お待たせしました」

夏芽はそう言って丁寧に注文の品をテーブルに置いていく。

するとと客のひとりが話しかけてきた。

「ねえ、あの絵に描かれているのってここの庭よね？」

「え？」

客が指を差した方向にあったのは、以前に夏芽が描いた【かおりぎ】の庭の絵だ。スケッチブックに勢いで描いたものだから雑だが、稔はそれをわざわざ雑貨屋で買ってきた額に入れて飾（かざ）っている。

夏芽があげたものだから、稔の自由にしてもいいのだが、店に飾るのは少々気恥ずかしかった。

けれど、誰も気にも留めないだろうと思ったから、それほど気にしなかったのに。

「素敵ね。本物の庭も見せてもらっていいかしら？」

夏芽は躊躇（ためら）った。もちろん快く了承はしたいが、この店の店員でもないただの助（すけ）っ人（と）がすぐに返事をしてもいいものかと思ったのだ。

どう答えるか言葉に詰まっていると、背後からすぐに声がした。

「いいですよ。好きなだけ見ていってください」

夏芽が顔を向けると、トレーで品を運んでいる稔が笑顔で立っていた。

客のふたりはまたお互いに笑顔でおしゃべりを再開し、夏芽はキッチンに戻る際、稔にこっそり声をかけた。

「ありがとう」

「こちらこそ。夏芽さんの絵、目を留めてくれる人がいて嬉しいです」

稔はにっこり笑ってそう言うと、また接客に戻っていった。

夏芽はじわりと胸が熱くなり、少し照れくさくなった。

すっかり日が暮れて、最後の客を見送ったあと、夏芽はふうっと軽くため息をついた。久しぶりに働いたという感覚がして、それがとても心地よくて、やはり自分はしっかり動くほうが性に合っているのだなと思った。

店じまいをしたあと、稔が夏芽を食事に誘ってきた。

「残り物になりますけど、それでもよかったら」

どうやら今日の夕食を作るから一緒に、という意味だったらしく、夏芽は妙な期待をした自分を責めた。

夏芽は手伝うことを申し出て、稔と一緒にキッチンに立った。

彼は冷蔵庫から大きな器を取り出して夏芽に言った。

「昨日の晩ごはんで作った鶏ガラスープなんです。これを使います」

「え？　まさか自分で作ったの？」

「そうですよ」

稔は特に気にするでもなく、器から鍋にスープを移した。

市販の粉末状のスープしか使ったことのない夏芽には手作りなど思いもよらなかっ

たことだ。

　そんな夏芽の驚きをよそに、稔は淡々と作業をこなした。

　用意された具材は鶏の手羽先、しいたけ、長ねぎ、それにたっぷりのパクチーだ。

「パクチーは身体を温める効果があり、胃腸の働きもよくします。それに美容効果も抜群です。あ、苦手ではないですか？」

　はきはきと語ったあと、急に不安げな表情で稔がそう言うので、夏芽は笑顔で返した。

「うん、大丈夫。結構好き」

「よかった。匂いが無理な人もいますから」

　稔は手際よく食材を準備していく。木製のプレートに少しずつ小分けにして置かれたのは松の実、クコの実、生姜（しょうが）とそれから、鮮やかな紅い実だ。ドライフルーツのようでもあるが、初めて見るものだった。

「これは何？」

「それは【なつめ】です」

「えっ」

　夏芽は自分の名前を呼ばれたのかと思ってどきりとした。けれど、稔は気にするでもなく話を続ける。

「鉄分が多く、貧血に効果があります。胃腸の調子を整えて疲労回復にもいい優れたものなんですよ。夏芽さんにぴったりですね」

そんなふうに言われて、夏芽はますます照れくさくなった。

会って間もないのに、彼は夏芽のことをよく知っている。

夏芽は嬉しいような気恥ずかしいような不思議な気持ちを噛みしめた。

なつめは先にぬるま湯に浸けておく。他の具材を鍋に入れて、スープが出来上がる頃に投入する。そして、スープを器によそって、パクチーを添えたら薬膳スープの完成だ。

稔がスープを作っているあいだ、夏芽はフライパンで豚ロース肉を焼いていた。にんにくと一緒に焼くだけの簡単な作業で、味付けは最後に醤油を落とすだけ。滋養強壮によい豚肉は疲労回復に抜群の効果がある。

残り物で簡単な食事にしては、ずいぶんと贅沢だなあと夏芽は思った。

庭で作業をしていた誠司が戻ってくると、三人でテーブルを囲み、食事をすることになった。

薬膳スープと豚肉のステーキ、それに雑穀米がテーブルに並ぶ。

「夏芽さん、スープの味はどうですか？」

稔に訊かれて、夏芽は「すごく美味しい」と答えた。

稔は「よかった」と笑顔になった。

不思議な味だった。鶏ガラの出汁が利いたスープに生姜の香りとパクチーの味が混ざり合い、なつめの甘さがプラスされてまろやかになっている。身体の芯からじわっと温かくなり、疲れも嫌な思いもぜんぶどこかへ行ってしまった。

「本当に今日はありがとうございました。夏芽さんのおかげでなんとかなりました」

稔が夏芽に礼を口にすると、誠司が思い出したように言い出した。

「給料を支払わなきゃならんね」

「え？　ただ手伝っただけなので、気にしないでください。それに、こんなに美味しい料理を食べさせてもらったので十分です」

夏芽は慌てて断りを入れた。

誠司は夏芽に深く頭を下げてから、突然切り出す。

「店はしばらく休もうか」

夏芽はどきりとして、「なぜですか？」と訊ねた。

稔が代わりに答える。

「実は午後から来てくれていた人が腰を痛めてしまって辞めることになったんです。僕は昼間は大学があるし、最近はお客さんが多くておじいさんひとりで接客は難しいですからね」

誠司と稔が困惑の表情で顔を見合わせているのを見て、夏芽はとっさに申し出てしまった。

「あの、私がここで働きましょうか？」

誠司と稔が同時に夏芽に目を向けた。「え？」という表情をしている。夏芽はすぐに説明を始めた。

「私、今フリーなんです。だから、いくらでも使ってください」

就職活動をしているとは言わなかった。そう言えばきっと、遠慮されるだろうと思ったからだ。

誠司が不安げな表情で訊ねる。

「うちはそんなに高い給料をお支払いできないが、それでもいいのかね？」

「はい。私にはイラストの仕事もありますから、大丈夫です。両立という形になりますけど、それでもよかったら」

「うちはかまわないよ。むしろ大歓迎だ」

誠司が笑顔でそう言うと、稔は別のことを口にした。

「イラストのお仕事を再開したんですね。よかったです」

夏芽はただ黙って笑ってやり過ごした。ずっと描けていないと以前に伝えたことを、稔は気にしてくれていたのだろう。嘘をついてしまったことに罪悪感を覚えたが、それでもせっかく繁盛しているこの店を休業させてしまうのはもったいないと思うのだ。何よりも、夏芽自身がこの店に毎日来たいという思いが強い。

「ありがとう、夏芽さん。お願いしていいかね？」

誠司の問いかけに夏芽は「はい」と明るく答えた。

食事が終わるとすっかり暗くなっており、稔が駅まで送ってくれた。稔は自転車を押しながら、夏芽の歩幅に合わせて歩いた。

駅に到着すると夏芽は送ってくれたことの礼を言った。稔は照れくさそうに笑ったが、すぐにしっかりした顔つきで言った。

「夏芽さん、これからよろしくお願いします」

稔の言葉もそうだが、これから毎日【かおりぎ】に来られることが夏芽にはたまらなく嬉しかった。

毎日、稔にも会える。

「こちらこそ、よろしくお願いします」

夏芽は丁寧にお辞儀をして言った。

＊

「何？　アルバイトをするだと？」

夏芽が【かおりぎ】で働くことを聞いた父は飲んでいたビールのグラスをテーブルに置いた。

土曜日の夜、夏芽は稔からレシピを聞いた薬膳スープを作って夕食の一品として出した。するとスープは意外にも父と母に絶賛され、一緒に作った餃子(ぎょうざ)とともにあっという間になくなった。

夏芽は皿を洗いながら返答する。

「仕事が決まるまでのあいだ、何もしないのもよくないかなって」

すると父はすかさず返す。

「嫁に行けばいいじゃないか」

「お父さん！」

母が呆れ顔で制止するも、父の言葉は止まらない。

「せっかくの縁だぞ。前向きに考えればいいだろう」

「余計なことよ。それよりあなた最近お腹が出てきたわよ。ビールやめたら？」

「これは俺の癒しだ」

父はふたたびグラスを手に取り、ビールをぐいっと飲んだ。

母が話題をそらしてくれたおかげでそれっきり父の関心は別のところへ向いた。

父の発言にはいちいち心をかき乱されるが、感情的に反発する気はあまりない。高校生くらいのときは結構言い返していたと思うが、それで解決することはほとんどなく、ただ疲れるだけだった。

父の頑固な性格を知っているので、無駄な体力を使う気もない。こういうときはスルーするに限る。

しかし、これだけは言っておきたい。

「お見合い話はお父さんの勘違いだったよ」

すると父は「縁だ、縁」と言い張った。

実のところ、夏芽は稔と出会えた縁をくれた父に多少は感謝している。だから、余計なことを少々言われようが、それほど気にならないというのもある。

だが、礼を言うのも何か違う気がしてこの件に関してはわざわざ話題にしない。

結局、見合い話は勘違いだと稔から聞かされ、夏芽もそれをなかったことにしたのだから。

あれから夏芽は稔から教えてもらっためずらしい食材について調べて、それをイラスト付きでノートに書き記すようになった。ネットで調べたり図書館へ行ったり、資料を取り寄せたりとそれなりに充実した時間を過ごしている。

『それは【なつめ】です』

稔の言ったあの言葉を、夏芽は何度も思い出してはひとり笑みを浮かべた。

自分の名前をこれほど好きだと思ったことは今までになかった。

ずっと暗い地の底をひたすら歩きまわっていたところに、ようやく明るい光が見えてきたような気がした。これからどんなことがあるのだろうと少しばかり希望が持てた。

スマホのメッセージグループにメッセージが届いた。今度結婚する友人からだった。

内容は結婚式の日取りが決まったというものだ。もちろん、招待状はのちほど届けるということだったが、早めに連絡をくれたのだろう。

友人たちは次々と出席する旨(むね)を返信した。

夏芽もそれに続いてメッセージを送る。もちろん、出席の意向を伝えた。

以前はうらやましいという気持ちが強かったけれど、今は心からの祝福の気持ちでいっぱいだった。

夏芽はまっすぐに自分の道を見据えて、しっかり前を向いていた。

仕事は正午から夜六時の六時間勤務だった。午前中はもうひとりの主婦のスタッフがいて、午後一時頃までいるので、夏芽は彼女から業務内容を教わることになった。

「山川夏芽です。よろしくお願いします」

　挨拶をすると彼女はふんわりとした笑顔を返してくれた。

「林田麻沙子です。よろしくね、夏芽ちゃん」

　麻沙子は三人の子を持つ主婦で、実家はケーキ屋を営んでいるらしい。この店で売っているケーキはすべて彼女の店から仕入れているのだとか。

　季節によって入れ替わるという手作りのケーキは素朴でどこかなつかしいと、夏芽は味見をさせてもらって思った。昔からある古い喫茶店のような感覚だった。

　麻沙子は明るくはきはきと業務内容を説明してくれた。

「やることは、そんなにないのよ。客がいないときは店内の掃除をしたり、洗いものをしたり、時間があれば読書をしていてもいいわ。ここの店主は厳しいことは言わないから、きちんとやるべきことをやれば、あとはゆっくり店番をしていればいいの」

　夏芽は少し驚きながらうなずいた。

「でも、最近は忙しいからそんな暇もないんだけどね。あ、平日の午後からは近所の常連さんが来るから、結構話し相手をさせられるわよ。大丈夫、みんないい人だから」

　夏芽は以前出会った客たちを思い出して、安堵したように微笑んだ。

　誠司は持病のため、ほとんど店を覗かないようだった。客入りが多くなる時間帯には店に出てきて手伝うこともある。しかし、誠司にはどうやら別の仕事があるようだった。

「仕事と言っても、ボランティアみたいなものよ。病気で療養している人がたまに訪れて、誠司さんが相談に乗っているのよ。医者だったからね」

麻沙子は自分もよく相談に乗ってもらったのだと話した。

その話の通り、店を訪れる客の中にはお茶を飲むのではなく誠司に用事があると言う人がいた。すると、その客は店の二階へと通され、誠司と話をして帰るのだった。

麻沙子は一番下の子どもを幼稚園に迎えに行くのだと言って仕事を終えた。そのあと、夏芽はひとり店番をすることになった。

本当に、客がいない時間は静かだ。時折、鳥の声が聞こえるくらいだった。

夏芽は店の中をまわって棚の埃(ほこり)を掃除したり、窓を磨(みが)いたりとできることをすべてやった。

そしてカウンターテーブルの前に座って持参した自分のノートを開いた。稔が最初に提供してくれた金木犀のお茶のことをイラスト付きで記している。

今まで稔が教えてくれたことはすべて記録している。これからも、少しずつ増えていくといいなと思った。

客のいない時間はそれほど長くなかった。

午後三時になる頃、さっそく常連の客が数人やって来た。

「あら？　あなたは稔くんの……」

女性客のひとりが声を上げて、もうひとりが思いついたように両手を合わせて言った。

「稔くんの彼女さんよね？」

夏芽は一瞬驚いて狼狽えたが、顔には出さないように笑顔でやんわり否定した。

「いいえ。私は今日からここで働かせてもらっている者です。山川夏芽です。どうぞよろしくお願いします」

女性客は「あら、そうなの」と残念そうな表情をした。それでも彼女たちは夏芽に明るく話しかけてくれた。

ひとりの客がメニューにない飲み物を注文した。

「少し風邪気味なの。葛根湯が飲みたいわ」

「えっ……」

夏芽はその名称に聞き覚えがあった。風邪の引き始めに飲むと効果があるという漢方薬だ。つまり、それは夏芽にとって薬局などで売っている薬であるとしか思えない。

「あ、もしかして今日はない？」

「えっと……少々、お待ちを……」

夏芽が慌てていると背後からゆったりとした声がした。

「あるよ。いつものくず湯だね？」

誠司が出てきたことで、客たちはわっと明るい声を上げた。

「そうそう。誠司さん特製のやつ」

「風邪にはあれがいいのよね」

夏芽はほっと胸を撫で下ろした。

そして他の飲み物を用意しながら誠司の作るくず湯をとなりで見た。

稔はきっと、こうやって祖父の姿を見てきたのだろうと思うと、なんだか胸がじんわりと温かくなった。

この日、夏芽は稔と会うことはできなかった。

葛根とは植物のくずの根っこのことであり、そこからとれるくず粉はくず餅やくず切りなどに使われる。

くずは頭痛、肩こりの他に初期の感冒（かんぼう）の悪寒や発熱、下痢（げり）症状を緩和させる効能があり、漢方薬では葛根湯で有名である。

ということを誠司が説明してくれて、夏芽は帰宅してからノートに書き記そうとした。しかし、どうやら店に忘れてきてしまったようだ。カウンターテーブルの隅っこに置いたままにしていることを思い出した。

明日また店に行くから何ら問題はないが、寝る前にノートを見返したかった。あの中にはすでにいくつかの思い出が詰まっている。ノートを見ているだけであらゆる場面を思い出すことができる。

明日は必ず持ち帰ろうと思った。

あの店で働けば毎日稔に会えると思っていたけれど、そうでもないようだ。誠司から稔は最近遅くなることが多いと聞いた。資格を取るために懸命に勉学に励んでいるのだ。

自分は何ができるのだろう、と夏芽は考えた。

この先のことはまだ見えていない。目標もわからない。

ただ、稔が頑張っていると思うと、自分の心の灯火が、だんだんと強い明かりになっていくような気がして、もしかしたら未来がひらけるのではないかと思うこともあった。

だから、明日も店に行こうと思うのだ。

勇気づけられたような感覚を抱きながら、夏芽は心地よい疲れとともに眠りに落ちた。

そして翌日、夏芽は昨日と同じ時間に出勤した。

すでに店には客がいて、まずは接客をしてから手が空いたときに麻沙子と簡単に引き継ぎをした。

「疲れてない？　昨日はお客さんが少なかったので」

「はい。昨日はお客さんが少なかったので」


そして夏芽はここの店員のオススメメニューについて訊ねた。

昨日のように急に言われても、夏芽には対応できない部分がある。

「そういうときは誠司さんか稔くんしか対応できないわ。でも、お客さんもよくわかってるから、そういうときは丁寧にお断りすれば大丈夫よ」

明るくそう言われて少し安堵したけれど、やはり胸の奥に何か引っかかるような気がした。

もっと知りたい。もっと勉強したいと思った。

そう思いながらカウンターテーブルに置きっぱなしにしていたノートを広げると、そこには一枚の紙切れが挟んであった。

『夏芽さんへ』と書かれているのが見えて、急いで紙切れを手に取る。

これは稔からのメッセージだと思った。

夏芽さんへ。

お仕事お疲れさまです。

勝手にノートを見てしまってごめんなさい。

とても丁寧に書かれていてすごいなあと思いました。イラストも素敵です。

補足しておきますので、よかったら参考にしてください。

稔

手紙の下には、夏芽が調べて記した内容のさらに詳細が稔の丁寧な字で書かれてあった。

つい、嬉しくて笑みがこぼれた。

それからというもの、夏芽は誠司から教わったことや店の仕事で得た知識をノートに綴っていった。

帰宅する前に本屋に立ち寄って身体に影響を与える食べ物についての本を探す。いくつか本を手に入れて、夜は自分なりに勉強することにした。

「ご馳走さま」

夏芽は両親と夕食を終えると、すぐに自分の食器を片付ける。

最近、父が何か言いたげなことを察している。だから、何か言われる前に退散していたけれど、彼はついに訊いてきたのだ。

「夏芽、仕事はどうだ？」

「うまくやっているよ」

「そうか」

夏芽は皿を洗い終えると、さっさと自分の部屋へ戻ろうとした。

そのとき、父が呼び止めるように質問を口にした。

「彼とはその後、どうなっているんだ？」

夏芽はぴたりと足を止めた。

父はずっとそのことを訊きたかったのだろう。見合い話は勘違いだとはっきり言ったのに、あのとき父は酔っていたから聞いていなかったのかもしれない。

「お父さん、余計な詮索（せんさく）は無用よ。夏芽はいい大人なんだから」

母の言葉に父は渋々口を閉ざす。

夏芽は嘆息し、振り返って笑顔で答えた。

「いい人だよ。いろいろ健康のためのアドバイスをくれるの。店の仕事も慣れてきたし、楽しくやっているよ」

それに対し、父は思わず声を上げる。

「それはどういう意味……」

「お父さん！」

母が制止して父はふたたび黙った。

夏芽はさっさと部屋に戻り、ひとりになるとため息をついた。

どうなっていると訊かれても、答えようがない。

ただ仕事についてのやりとりをしているだけだ。

夏芽は得た知識をノートにある程度まとめて、店のカウンターテーブルの隅に置いて帰る。そうしたら翌朝、稔からの手紙が挟み込んである。これが結構、楽しかったりする。

相変わらず稔とはほとんど会えず、連絡先も知らなかったが、文字のやりとりはとても新鮮だった。


夏芽さんへ。

お仕事お疲れさまです。

週末は家にいられるので店の仕事を手伝います。

忙しくなると思いますが、どうぞよろしくお願いします。

稔

ただの事務的な連絡に過ぎない。

それなのに、たったそれだけのことをわざわざ手紙に書いてくれる稔の温かさに夏芽は胸の奥がじんとした。

昔の人はこんなふうにやりとりをしていたのだろうと思うと不思議な感覚になる。

けれど、こういうのもいいなあと思った。

ただ、この感情は父や母はおろか誰にも言わず、自分の心にそっと秘めておくだけだった。

木曜日までは穏やかな日々が続いた。客も地元の人が中心で、夏芽は常連客たちと接することに慣れてきていた。

しかし、金曜日になるとその余裕もなくなってしまった。

金曜日の午後からは観光客が次々と押し寄せた。居酒屋で鍛(きた)えた多忙なときの接客術が多いに役立ったが、久しぶりのことなので失敗することもあった。混雑しているので、待ちくたびれた客が帰ってしまうこともあった。

こういうとき、誠心誠意対応しても客の受け取り方はさまざまだ。

店の片付けを終えたら午後八時になっていた。

「夏芽さん、大丈夫かい？　明日はもっと忙しくなりそうだ」

誠司の言葉に夏芽は「はい」と笑顔で答えた。

おそらく土曜日と日曜日は今日よりもっと忙しくなるだろう。

不思議なことに身体は疲れていても、心が満たされているからなのか、まったく苦ではない。

「明日は稔もいるからね」

誠司のその言葉に、夏芽は疲れも忘れるほど嬉しくなった。特に、会えない時間が長くなればなるほど、会えるときの喜びは大きい。

稔の存在は少しずつ、夏芽の心に強く刻まれていく。

けれど、夏芽はそのことを素直に認める勇気がまだなかった。

＊

夏芽がこの店で働きたいと言ったとき、稔は素直に喜んだ。

また夏芽に会えること。これからはずっと夏芽に会えるということが単純に嬉しかった。

それは今まで憧れだった人にこれからもずっと会えるからなのかもしれない。

彼女のファンだから。

けれど、たしかに夏芽の絵が好きなことには変わりないが、それ以上に夏芽自身と会って話せることが一番嬉しい。

とは言え、現実はなかなか難しいものだった。

夏芽の勤務は平日の昼間が多い。その時間、稔は大学へ行っている。うまくいけば夏芽の勤務が終わる頃に稔が帰ってきて少しだけ話すこともできる。しかし、そのあとは稔が店番だ。ほとんどすれ違う日々のはずだった。

だから、カウンターテーブルに置かれていた夏芽のノートを見つけたときは嬉しかった。勝手に見てはいけないと思ったが、誘惑には勝てなかった。

そこにはイラストが描かれ、丁寧な字で薬膳のことが記されていた。すべて稔が言ったことだ。パラパラとめくっているうちに、つい笑みがこぼれた。

「夏芽さん、ちゃんと覚えててくれたんだ」

見なかったことにすればよかった。知らないふりをするのが礼儀なのかもしれない。いつもの稔ならそうしただろう。しかし、彼の中で妙な欲求が膨れ上がった。

余計なことかもしれない。一瞬躊躇したけれど、稔は紙とペンを取り、夏芽宛ての短い手紙を書いた。

ノートを見てしまったことの謝罪をまずしておき、それから書いてある内容の補足だ。

その紙を、稔は少し緊張しながらそっとノートの最終ページに挟んでおいた。

どういう反応をされるか、ドキドキしていた。

その翌日、稔が大学から帰ってくると、夏芽はすでに退勤していた。

　夏芽のノートは同じ場所に置いてあった。

　恐る恐るノートを開いてみると、稔の書いたメモの内容を夏芽はわざわざノートに記していた。それどころか、稔宛てのメモもあった。

『参考になったよ。ありがと！』

　ノートの最終ページの隅っこに、ほんの短い言葉で記されていた。

　稔はじわじわと胸が熱くなるのを感じて、思わず拳を握る。その様子をたまたま店にいた常連客に見られてしまった。

「稔くん、嬉しそうね。何かあったの？」

　初老の女性だ。月に三回ほどこの店を訪れる。

　稔はノートを手に持ったまま、頬を真っ赤にして笑顔で答えた。

「はい。少し、いいことがありました」

「そう。じゃあ、今夜はいい夢が見られるわね」

「そうですね」

　他愛ない会話を交わしたあと、稔はふたたびノートに目を落とした。

　それから何度か夏芽とやりとりをした。そうしていると、まるで交換日記をしているみたいで新鮮だった。

大学からの帰り道、今日は何が書いてあるのか楽しみになった。自分からはどんな話を提供しようか考えることも楽しみだった。

何も書くことがないときは、夏芽に『お疲れさま』と『次はいつ店でご一緒できます』という事務的なことを記したメモを挟んでおく。

自分からの返事はメモ紙にしておいた。ノートは夏芽が作っているものだから、自分のコメントを残すことは憚（はばか）られる。

あくまでノートは夏芽だけのものであってほしかった。夏芽の文字とイラストでいっぱいにして、そこに余計なものがあってはいけない気がした。

ある日、そのノートを麻沙子に見られてしまった。特に見られて困るようなことは書かれていないが、稔はどうにも恥ずかしかった。

しかし彼女は茶化したりしなかった。

「夏芽ちゃん、よく勉強しているのね。あたしも見習いたいわ」

そんなふうに笑って言って、それ以上のことは言わなかった。

稔はこのノートでのやりとりに、特別なものを感じていた。しかし、それは自分だけなのかもしれない。

夏芽にとって稔はただ自分が知りたい知識を教えてくれる親切な人。そんなふうに映っているだろう。

勘違いしてはいけない。そこはきちんと線引きをしておこうと思った。

だから、これ以上踏み込まないようにしようと気をつけている。

本当はもっと夏芽と連絡を取り合ったりしたいという思いがあるのだが。

彼女は以前、自分から線引きをした。

それは初めて夏芽がこの店を訪れたとき、その理由は親の勘違いで起こった見合い話のせいだった。けれど、稔はそのことを知らず、困惑させてしまった。

自分が夏芽の絵を好きだと祖父に言ったことが、間違った情報となって伝わった可能性がある。

あまりに衝撃的なことだったので、実はぼんやりとしか記憶していないが、あのとき夏芽は見合い話を断ろうとしていた。

たしかに学生が相手では複雑な思いだろう。そんな夏芽の心境は稔でも理解できた。

それでも、今は少しばかり心残りがあったりする。

あのまま見合い話が進んでもよかったのにと、思うことがたまにある。

そのたびに自分に言い聞かせている。

夏芽は店の大切なスタッフだから、気まずくなるようなことをしてはいけないと。

店じまいをするとき、薄暗い店内で、稔は自分のスマホを指でスクロールしていた。

当たり前だが連絡先一覧に夏芽の名前はない。

連絡先など聞いたら迷惑かもしれない。それでもそのための理由を頭の中でいくつも用意している自分がいる。

近づきすぎてはいけない。けれど、知りたい。

そんな矛盾する思いを抱えながら、稔は次の週末を迎えることになった。

＊

週末になると急に冷え込んだ。秋らしいと言えばそうだが、夏芽は本格的に寒くなっていくのを実感し、小さく震えた。

冷えに敏感な身体だと、少しの気温低下でも影響する。

鍋とか食べたくなってくるなあ。そんなことを考えながら観光客に交じって鎌倉行きの電車に乗った。

冷たい風に煽られながらも空は真っ青に晴れわたっている。

町は朝からしっかり厚着をした観光客で賑わっており、どの店にもそこそこに人が集まっていた。

【かおりぎ】に着くと夏芽は急いで裏口にまわり、エプロンをつけて手を洗い、消毒をして勤務についた。

「こんにちは」

挨拶をすると、誠司がコーヒーを淹れながら笑顔で返してくれた。

「こんにちは、夏芽さん」

そして、トレーを持ってキッチンに戻ってきた稔が夏芽に気づいて笑顔を向けた。

「夏芽さん、お疲れさまです！」

久しぶりに見る稔の顔はとても穏やかで、なつかしく感じて、心の底からほっとした。

「お疲れさま、稔くん」

夏芽の声も自然と高くなる。

この一週間は結構疲れが蓄積（ちくせき）していたが、稔に会えただけですべて吹き飛んでしまった。

そしてふたたび穏やかさを取り戻した平日の夜、ひとりの女性客が訪れた。老齢の女性で上品な着物を着ている。

夏芽が今日はもう閉店であることを伝えると、キッチンの奥から誠司が出てきた。

「夏芽さん、その方はいいんだ。私の客だから」

夏芽が驚いて振り返ると、誠司はにこやかな笑顔で女性客に会釈をした。すると、女性客も微笑みながら会釈をした。

女性客が夏芽の横を通り過ぎて店内に入ると、誠司が笑顔で「こちらへ」と迎え入れた。

夏芽は稔とふたりで店の片付けをして掃除を済ませた。

そして、稔が駅まで送ってくれると言うのを夏芽はやんわりと断ったが、話がしたいというので送ってもらうことにした。

学校と店の仕事で疲れているだろうに、申し訳ない気持ちになった。

店を出て坂道を下るとき、さあっと冷たい風が吹いて髪が乱れた。

夏芽は髪をかき上げながら、秋の深まっていく風景を目にした。

外灯に照らされた枯れ葉が舗装された道路を滑りながら落ちていく。

「夏芽さん、寒くないですか？」

稔は自転車を押しながら、自身の頬を赤くして訊ねた。

「うん、大丈夫」

と夏芽は答えたものの、秋の夜は冷え性にはこたえる。

この時期は冬のようにしっかり防寒するほどではなく、昼間は比較的気温も高いので本当に着るものに困る季節だ。

それでもなぜか、夏芽は冬に向かっていくこの物憂げで儚げな季節が愛おしくて好きだった。

せっかくふたりきりになったのに、あまり会話が弾まなかった。ノートで手紙のようなやりとりをしていたときは、早く会って話したいとあれほど思っていたのに、どうしてだろうか、夏芽は気恥ずかしくなっていた。

それでも、せっかくの時間を無駄にしたくないので、思いついたことをひとつ話題に出した。

「さっきの女性、とても上品で綺麗な人だね。誠司さんのご友人なの？」

訊ねると稔はパッと明るい表情で話題に乗った。

「はい。おじいさんの幼馴染だそうです。それで……」

稔が急に黙ったので、夏芽は不思議に思いながらとなりの彼をじっと見つめた。

すると稔は遠慮がちにひと言、微笑んで言った。

「えっと……いい人、だそうです」

「え……」

夏芽は先ほどの誠司と女性客の様子を思い出していた。親しげではあったが、お互いにほどよい距離感で接していたように思える。

稔の話では、ふたりは子どもの頃はとても仲よく親しい間柄だったが、大人になって別々の家庭を築き、お互いに配偶者を亡くして今はひとりで暮らしているそうだ。

誠司は店を持ち、相手の女性は生け花教室をしている。お互いに充実した生活を送っているが、たまに会ってお茶を飲みながら話すことがあるのだという。

最近は一緒に暮らす案が出ており、稔の両親は複雑な心境になっているらしいのだが、稔はそうでもないようだった。

「残りの人生をどう過ごすかは、その人の自由だと思います。だから、僕はふたりを応援しているんです」

そう言って笑った稔の表情はとても優しくて、夏芽はじんと胸が熱くなった。

結局、稔自身の話を聞くことができないまま、駅に着いてしまった。会えなかったときは稔の学校のことや趣味や好きなものなどいろいろと訊きたいことを考えていたのに、いざ会えたら会話に持ち出すことができず、夏芽は歯がゆい思いがした。

「送ってくれてありがとう。気をつけて帰ってね」

今から彼の話題を持ち出してもという感じがしたので、当たり障りのない挨拶をした。

「はい。夏芽さんも気をつけて。今日はお疲れさまでした」

稔もごくありきたりな挨拶を返した。

これ以上話すことはなくなったので、夏芽はふっと軽くため息をついて、それからさようならを言おうとした。

「夏芽さん」

ふと稔が声をかけてきたので夏芽は黙った。

稔の背後を人が通り過ぎていくくらいの時間、彼は黙り、妙な沈黙があった。

「あの……」

稔は何か言いたげであったが、なかなか口にしようとしない。というよりも、気恥ずかしそうにするだけだった。

夏芽はやわらかい雰囲気で彼に微笑みながら訊ねる。

「うん、何？」

それで和らいだのか、稔に笑顔が戻る。

「僕はまた忙しくなりそうで、なかなか店に顔が出せなくなります。だから……その」

ひゅっと風が吹いて、稔の髪を揺らした。その前髪が目もとにかかる瞬間、夏芽は彼のその表情が綺麗だなと思った。

「夏芽さん、連絡先を教えてもらってもいいですか？」

はっきりと、少し強い口調で彼は言った。

その表情でその言葉はずるい、と夏芽は思った。

「えっと、変な意味じゃなくて……ノートでのやりとりでもいいんですけど、その……話したいことが多くて」

言い訳のようなことを述べる稔の表情は、困惑したり苦笑したりと話しているうちにくるくると変わる。

それがまた、夏芽の胸の奥をくすぐるのだ。

変に気取ったり偉そうにしたりすることなく、まっすぐな心をぶつけてくる。そういった稔の態度がたまらなく、心地よい。

「あ、あの……でも、無理にとは言いません。個人的なことですから」

真面目だなあ、と夏芽はつい笑みをこぼした。もちろん、夏芽もそうしたいと思っている。だから、すぐに返事をすればいいのに、ちょうど駅のアナウンスがあったため、そちらに気が向いてしまった。

それは稔も同じで、彼もまた駅へ目を向けて少し落胆したような表情になった。

「すみません、電車が来ちゃいましたね」

そう言いながら苦笑する稔に、夏芽は静かに答えた。

「大丈夫。次の便でいいから」

「えっ？」

乗車する予定の電車が滑り込んできたが、夏芽は動じることなく稔と向かい合っている。

心の中は穏やかでわずかに熱を帯びて、少しざわついて、不思議な感覚だった。

稔に初めて会ったときの気持ちと似ているようで少し違う。

この気持ちを大切にしたいと思った。

「私も、稔くんともっとたくさん話したいと思っていたの。ノートでのやりとりだけじゃなくて……」

素直に気持ちを伝えているうちに、頬が熱を帯びていることに気づいた。

相手とつながりたいと思う心が、こんなに穏やかなのは初めてだった。

夏芽は稔と連絡先を交換した。お互いに「これからもよろしくお願いします」と丁寧に会釈をして言った。

特別なことはない。ただ、知り合った者同士が共通の話題を話すために個人的な情報を交換しただけだ。

風が乾いた音を立てて、夏芽の火照った頬を冷たく撫でていく。

やけにじんとするのは体温と外気温との差が激しいからなのか。寒さは感じないのに、夏芽は小さく震えた。

そのとき、稔が声をかけた。

「夏芽さん、今は甘いものがほしい気分ですか？　それともすっきりしたものがほしい気分ですか？」

「えっ？」

唐突にそんなことを訊かれて、夏芽は少し驚いたが、深く考えずに答えた。

「甘いものかな」

疲れたからというのもあるし、何より風が冷たいので、ほっとするような温かくて甘いものを欲している。

「ちょっと待っててくださいね！」

稔は笑顔でそう言って、自転車をその場に置いたまま自動販売機へ走っていった。

それを見て、夏芽は自分も慌てて向かおうと足を動かしたが、すぐに立ち止まった。

自転車を置いていったということは、ここで待てということだろう。

夏芽は稔の背中をじっと見つめた。彼は特に迷う様子もなく目的の飲み物を購入し、それを手に持って小走りで戻ってきた。

そして、夏芽に「はい」と差し出した。

「コーヒーよりもココアかなと思って。カフェインは身体を冷やしてしまうので」

夏芽が「ありがとう」と言って受けとると、稔の手が触れた。というよりも、彼は夏芽の手を握った。

驚いて固まっている夏芽のことはまったく気にする様子もなく、稔は真面目な顔つきで話し始める。

「やっぱり手が冷えてますね。きっと血のめぐりがよくないのでしっかり温めてください。それとお腹まわりも温かくしたほうがいいです。足も冷えているでしょう?」

夏芽は無言でただうなずくだけだった。

稔の手はとても温かい。熱いくらいだった。その体温が直に伝わって、指先から腕や身体全体まで温かくなっていくようだった。そして、また別の意味でも、夏芽の体温を急激に上昇させた。

「あっ……すみません。勝手に手を触ってしまって。他意はありません」

稔が慌てて手を離したので、夏芽は少しがっかりしてしまった。もう少し温かい手を感じていたかったというのもあるが、彼の言葉も少し胸をちくりと刺した。彼のその丁寧な謝罪は、今の夏芽には必要なかった。

けれど、稔はしっかりと線引きをしているのだ。

それなら、夏芽もそうしようと思った。

余計なことで彼との心地よい関係を崩すのは、今はしたくない。

「ううん、ありがとう。稔くんの気遣いがすごく嬉しい。いただいたアドバイスを参考にして、自分でも気をつけるね」

夏芽がそう返すと、稔は安堵したように息をついて、また笑顔になった。

「よかったら次は身体を温める食事を作って、またご馳走しますね」

「うん、期待してる」

夏芽が笑うと、稔も満面の笑みを浮かべた。

稔の食事の誘いにはなんの下心もない。純粋に、ただ夏芽の身体を思ってのことだ。なかなかそういうことができる男の人はいないんだけどな、と夏芽は胸中で静かに思う。稔にそれ以外の感情があってほしいと願わないわけではなかった。

しかし、それは内緒だ。

月の見えない夜だった。

夏芽は電車に揺られながら窓の外の景色を眺めた。一面黒く染まった世界に、あちらこちら点々と白く光って見えるのは建物の明かりだ。

車内はガラガラというわけではなかったが、誰も喋らないので静かだ。ただひたすら電車の揺れる音がするだけ。

夏芽は空いていた席に座った。静かな揺れは程よい疲れに効果があり、目を閉じると瞬時に眠りに落ちてしまう気がする。

それでも夏芽は外の景色に目をやったまま、その向こうにあるはずの光景を想像していた。

時間帯で言えば、家族が夕食をとる頃だろう。

仕事帰りの人たちがやっと家に帰り着いた頃かもしれない。

子が父母に今日あった出来事を話しているかもしれない。

恋人同士が将来を語りながら食事をしているかもしれない。

受験生は将来のために机に向かって必死に勉強をしているかもしれない。

あの点々とともる明かりの向こうにはさまざまな思いがあふれている。その想像をめぐらせるだけでも、心がほっと穏やかになる。じわりと熱くなる。

夏芽にとって窓の向こうの景色は別世界のように賑やかで、建物の明かりはまるできらめく星のようだった。

夏芽はそれらを目で追いながら、頭の中のキャンバスに次々とその様子を描いた。

突然目の前の視界が遮られた。反対側の電車とのすれ違いである。向こうは横浜駅方面からの電車で、中はぎゅうぎゅうだった。

夏芽は妙ななつかしさと辟易（へきえき）する気持ちが混在した複雑な思いに駆られた。そういえば毎日ああやって満員電車に詰め込まれて通勤したものだ。

ほんの数カ月前のことなのに、ずいぶん昔のことのように感じる。

【かおりぎ】での時間は、夏芽の長い年月のしこりさえも、すっかり解きほぐしてくれたようだった。

手の指先はまだ温かい。

稔にもらったココアの缶を両手で握ったままである。

飲んでしまうのがもったいないと思った。だから、このまま持ち帰ることにしたのだが、そのぬくもりはいつまでも続いていた。

ふと握られた手を思い出して、夏芽は自然と笑みをこぼした。

稔と別れてから、胸の奥のじんとした感覚が続いている。

恋心がドキドキするものだとしたら、これは一体どんな気持ちなのだろうと思う。

前の彼氏との付き合いは突然で、いわゆる恋人同士の階段を一気にのぼりつめて、それから急激に冷えていった。

もしかしたら、相手のことを見ていたようで見ていなかったのかもしれない。

もしくは恋をしているという錯覚だったのか。

けれども、今のこの気持ちは、ゆっくりと静かに育っているようだった。

まるで、胸の奥からじわじわと温かい泉があふれてくるような、静かでありながら熱を持った感情だ。

はっきりとその気持ちを自覚していいのか、それともこのままぬるま湯に浸かっているような状態がいいのか、夏芽自身にもまだわからない。

夏芽はスマホの連絡先を表示させて、稔の名前を見つめた。それから簡単なメッセージを打ち込んで、そっとスマホをバッグに収めた。

家に着いたら一番に連絡をしようと思った。

それから目を閉じて、心地よい揺れに身を預けて、静かに眠りに入ったのだった。

第三章

今朝のテレビのニュースから関東は一番の冷え込みだと、朝食を食べながら耳にした。

野菜スープとライ麦パンという簡単なものだが、今日はスープが身体に沁みるなあと思ったら、どうやら寒くなるらしい情報を聞いて足先がきゅっと震えた。

十一月も終わりである。

あと一カ月で年が明けてしまうというのに、夏芽は結局仕事を見つけることができないまま、今年を終えようとしていた。

いつものように家を出ると、頬に冷たい風が当たり、吐いた息が白く宙を舞った。

ああ、寒い。と小走りになりながら横浜駅に向かう。

目的地は鎌倉だ。

町中ではすでにクリスマスの飾りつけが行われており、道を歩く人々はどこか急ぎ足で、寒さも相まって師走(しわす)を強く意識させる。

この世界で、ゆったりとしているのは自分だけではないのかと思うほど、夏芽は時間にゆとりを感じていた。それはきっと、去年の今頃は周囲と同じように急ぎ足で会社へ向かっていたからだろう。

年末までに仕上げる業務や忘年会、クリスマス行事とこのたったひと月で多忙極まりない日々を過ごすのだ。同時に周囲では風邪や感染症が流行り、体調を崩す人が多くなる。

それでもやはり、無理して身体を動かすのが現代人だ。

どうしてあんなに生き急いでいたのか、今では不思議に思うほどである。

カフェ【かおりぎ】の仕事にはすっかり慣れて、スタッフの麻沙子と一緒に店の模様替えもおこなった。

メニューも一新することになり、夏芽がメニュー表のデザインを任された。

今まではただ文字だけが並んだシンプルなものだったが、夏芽が作るとそれは一変し、鮮やかで可愛らしいものになった。

「まあ、素敵。夏芽ちゃんは本当に絵が上手なのね」

麻沙子が新しいメニュー表を見てほうっとため息をもらした。

夏芽は照れくさくなり、小さな声で「ありがとうございます」と言った。

白地に手書きの可愛らしい文字で書かれたメニューと、そのとなりに添えられたさりげないイラスト。シンプルなのに華やかに見えるのは小さいながらも鮮やかなイラストの効果だ。

夏芽は他にもイラストを描く機会があった。それは店の前に置かれた立て看板だ。黒板になっていて、毎朝麻沙子が簡単に品書きをしていたようだが、それを前日の夜に夏芽が担(にな)うことになった。

夏芽は毎日違うイラストを描くことにした。すると、常連の客から「今日はどんな絵が描かれてるのか楽しみにして来るのよ」と言ってもらえた。

自分の絵が誰かに喜んでもらえるというのは、夏芽にはたまらなく嬉しいことだった。

夏芽がいまだに就職先を見つけられない理由のひとつは、この店でずっと働いていたいと思うようになったからだった。

しかし、誠司の話だとこの店はそれほど長くは続かない。いずれは店を畳んで、夏芽もよそへ行かなければならなくなる。

それでも今は、少しでも、この店にいたかった。


「麻沙ちゃん?」

店の前で掃き掃除をしていたら、後ろから声がして夏芽は振り返った。

そこには、ぶかぶかの長袖トレーナーに膝丈くらいのスカートという格好をした、短髪の若い女性が立っていた。

「あ、違った」

女性は頭をかきながら苦笑した。

彼女が呼びかけたのは麻沙子のことだろうと夏芽はすぐにわかった。それも親しげにしているから、おそらく常連客だと判断する。

「いらっしゃいませ」

夏芽は笑顔で迎えた。

「えへへ、ごめんね。後ろ姿が似てたから、麻沙ちゃんと見間違えちゃって」

「麻沙子さんは今日お休みなんです」

「もしかして最近入った人？」

「はい」

女性の言葉に、彼女はこの店と長い付き合いなのだろうと思った。同時に、急に自分がよそ者のように感じて、夏芽は複雑な気持ちになった。

「じゃあ、稔はいる？」

夏芽はどきりとした。

呼び捨て。

きっと彼女はそれほど気にせず、親しい者の名を口にしただけなのだ。

それでも夏芽の胸中は穏やかではなかった。急に鼓動が速くなり、箒を握る手にじわりと汗がにじむ。

「キッチンで、下ごしらえをしていますよ」

夏芽はなるべく笑顔で返した。

「へえ、何作ってるんだろ。稔のごはん美味しいからなあ」

彼女の言動はいちいち夏芽の心に刺さる。

その言葉は普段から彼の料理を食べているという証。そのことが妙に気になってしまう。

女性は躊躇することなく店内に入っていった。

夏芽はまだ掃き掃除を完全に終えていなかったが、どうにも気になって箒を壁に立てかけると、彼女のあとを追いかけるように店に戻った。

店内に客は数人しかいない。一組は常連客のふたり、あとは旅行客と見られる男性だ。

ゆるりとした時間が流れる午後のひととき。

そんな中、女性の明るい声がカウンターに向けられた。

「稔、いつものやつ作って」

カウンターテーブルの向こうでスープの材料を準備していた稔は驚いて顔を上げた。

「渚沙（なぎさ）」

稔が女性を見て発した言葉に、夏芽はふたたび衝撃を受けた。

呼び捨てだ。

胸の奥にわずかな痛みを生じ、同時にもやもやした感情が夏芽を襲った。

そんな夏芽の心境などかまうことなく、ふたりの会話は続いていく。

「朝から頭が痛くてさ。身体もだるくて今日一日やる気が出ないの」

カウンターテーブルの前に座ると気だるげにテーブルに突っ伏してしまった渚沙に、稔は呆れ顔で返した。

「また二日酔い？　飲みすぎはよくないって言ってるのに」

「だって仕方ないじゃない。飲まなきゃやってられないんだもの」

「大学の勉強のストレス？」

「んー、今回は違う」

稔は仕方ないなあという感じで肩をすくめる。同時に夏芽が店内に戻ったことに気づいて、彼は笑顔を向けた。

「夏芽さん、掃除ありがとうございます」

いつもの屈託のない稔の笑顔だ。

けれど、今このタイミングでは、彼の笑顔に疎外感を覚えてしまう。

稔と渚沙のあいだには、決して夏芽が足を踏み入れることのできない空気感がある。

お互いの名前を気軽に呼び合う親しい関係。渚沙は原因を口にしていないのに、それを理解してしまう稔。

そして、何より稔は夏芽の知らない顔を渚沙に向けている。

だから、つい訊いてみたくなった。

「ふたりは友だちなの？」

それに答えたのは渚沙だ。

「んー、友だちって言うか、幼馴染？」

強烈なワードが飛び出して、夏芽は笑顔のまま硬直した。

幼馴染とはまた、お互いをよく知りすぎた関係である。当然、ついこのあいだ知り合ったばかりの夏芽はふたりのあいだに入ることなどできない。

「渚沙と僕の祖父同士が友人なんです。だから、彼女もこの店には幼い頃から馴染みがあって……」

稔が夏芽に説明をしている途中、突如テーブル席から明るい声が響いた。

「あら、渚沙ちゃん。久しぶりね」

「まあ、あか抜けちゃって。元気そうね」

おしゃべりに夢中になっていた常連客のふたりが、渚沙に気づいて声をかけてきたのだった。

　渚沙は彼女たちに明るく手を振る。

「おばちゃんたちも元気そうだね。若返ったんじゃない？」

「いやだわ、渚沙ちゃんたら。わかるう？」

　客の女性はまんざらでもない様子でけらけら笑った。

　渚沙のいるこの状況が、しっくりくる。夏芽はまるでテレビドラマでも見ているような感覚になった。稔と渚沙と常連客はあまりにこの店に溶け込んでいる。それを夏芽は画面の向こうから視聴しているような気になるのだ。

「ねえ、稔。紹介してよ。新しいスタッフ」

　渚沙に促されて、稔は慌てて夏芽を紹介した。

「こちらは山川夏芽さん。先月からここで働いてくれているんだよ」

「そうなんだ。よろしくね。あたしは渚沙」

「夏芽です」

　夏芽はぺこりとお辞儀をした。

　紹介されたことで、夏芽の心は少し緩んだ。このテレビドラマの中に自分もすとんっと入り込んだみたいだった。

　夏芽はハッと気づいて慌ててキッチンへまわる。

駰染みのある者とは言え、渚沙は客のひとりとして来ているのだから、接客しなければならない。

夏芽はグラスに水を注いでカウンターテーブルへ置いた。

「ありがと」

渚沙はにっこり笑って一気に水を飲み干した。

明るく気さくな人だ。夏芽は先ほど渚沙に抱いてしまった妬(ねた)みに似た感情を恥じた。

渚沙はだるそうにテーブルに頬杖をついて、スマホの画面に指を滑らせる。

稔は作業を中断し、まな板を綺麗にしてから湯を沸かした。

何をするのだろうと思い、夏芽は彼の手もとをじっと見つめる。

それに気づいた稔は笑顔で話した。

「酔い覚ましに効く飲み物を作ります」

「作れるの?」

「はい」

二日酔いのドリンクと言えば、スーパーやコンビニで買うものだと思っている夏芽は、これから手作りをするという稔の言葉に少々驚いた。しかし、稔ならできるだろうという思いもあり、興味津々で彼の作業を見守る。

稔は生姜のような塊(かたまり)を取り出して、まな板の上でそれをざっくりとカットした。

生姜のようなという曖昧な表現なのは、それが少し異なっているからだ。形は似ているのに色が違う。

「これは生姜なの？」

と夏芽は訊ねた。

すると稔は笑顔を向けてさらりと答えた。

「これはウコンです」

「え？　これが？」

名称は聞いたことがあるけれど、実際に目にしたのは初めてだ。

稔は手を動かしながら、この生姜によく似たものについて丁寧に説明してくれた。

ウコンとはショウガ科の植物であり、別名ターメリックという。血流をよくし、疲労回復に効果がある。また、肝臓の機能を高めるため、二日酔いに抜群の効果がある。

稔はカットしたウコンの断面を夏芽に見せて言った。

「生姜より濃い黄色でしょう？　カレー粉が黄色いのはこれが使用されているからなんですよ」

「そうなの？　知らなかった」

なるほど、たしかに濃い黄色だ。それを見ていると、子どもの頃にカレーを服にこぼしたことを思い出す。

「カレーって服につくと落ちないよね」

夏芽がそう言うと、稔は明るい表情で答えた。

「ターメリックの色素成分は紫外線で分解されます。だから、カレーのシミはよく洗ったあと、たっぷり太陽に当ててあげればずいぶんと薄くなりますよ」

夏芽は思わず「へえっ」と感嘆の声をもらした。

まさか、こんなところでカレーのシミの落とし方を教わるとは思わなかった。

「いつか料理教室でカレーを作ろうと思っています」

「カレーを？」

夏芽は意外に思って首を傾げる。

カレーなんてキャンプに行っても作れるものなのに、わざわざ料理教室で教えるものだろうかという疑問だ。

そんな夏芽の様子を察したのか、稔は笑って答えた。

「カレーに使われるスパイスは漢方にも使われます。せっかくなのでルーから作れば楽しんでいただけるんじゃないかと」

「ルーから作るの？」

今度は驚きの反応をした夏芽に、稔はにっこりと笑顔で答える。

「はい、そうです。本当は人それぞれの体質に合わせて作ればいいのですが、人が多くいるとなかなか難しいので、ある程度レシピを決めてから作ります」

夏芽には稔の言っていることがあまりに高度で理解が追いつかない。

だが、これだけはわかる。

「そういえば、私が初めてこの店に来たときも、稔くんは私の体調に合わせてメニューを出してくれたよね？」

「はい。薬膳とは本来そういうものなので」

漢方や薬膳は薬という印象が強いが、そもそも自然が作り出したものからできている。

長い歴史の中で、人間は薬となるものや毒となるものを身体に取り込みながら、生き長らえるすべを身につけてきたのだ。

何気なく口にしているものは、すべて命につながっている。

当たり前のようにわかっていることをあらためて実感すると、今のこの身体を作るために食事を与えて育ててくれた親に感謝の気持ちが湧く。

もちろん、これからは自分で選んで食べていくのだ。

「美味しく食べて健康になれるって素敵ね」

「料理は中身を知るともっと楽しくなりますし、より美味しく感じると思います」

あまり考えたことがなかったけれど、そう思うと億劫になりがちな料理も好きになれそうだなと思う。

だって、稔は料理をしているときが一番きらきらした顔をしているから。

夏芽はとなりの彼の表情を見て、ひとり静かに微笑んだ。

「ふたり、仲いいんだね」

スマホをつついていた渚沙が、突然にやにやしながら声をかけてきた。

夏芽は呆気にとられ、稔は怪訝な表情をする。

「うちの店で働いてくれる貴重な人だから」

稔は至極当然のようにそう言った。

渚沙は両手で頬杖をついて「だよねー」と同意する。

「フツー街のカフェでバイトするもんね。ここはおしゃれなものなんにもないしね」

「渚沙……」

稔が顔を引きつらせる。

渚沙は「事実だよね」と笑う。だが、彼女は急にしんみりした表情でどこか目線を遠くへやった。

「でもさ、あたしはここが一番好き」

渚沙の言葉に夏芽は耳を傾ける。

「友だちと行く綺麗なカフェとか人気の店も大好きだけど、ここはやっぱり特別」

渚沙はにやっと微笑んで言った。

「家に帰ってきたみたいにほっとするんだ。稔もいるしね」

「わかってるよ」

と稔も笑って答えた。

夏芽はふたりの様子を見て、いろいろな感情が混じった複雑な思いがしていた。

この店に特別な思いを抱いている。そう言った渚沙の気持ちもわかるし、何よりここに来たら稔がいる。それが楽しみであるというのは、夏芽もそうだった。

他の常連客の中にもそういった人たちはいるし、実際に稔に会いに来ているという年配の女性客もいる。

稔が若い男の子だからというのももちろんあるだろうが、それよりも彼の丁寧な接客に居心地のよさを感じて来る者のほうが断然多い。

渚沙もきっとそうなのだろう。けれど稔の幼馴染であり、同年代であり、家族のように親しげに話す渚沙に、夏芽の心はわずかにざわついていた。

「会計お願いします」

客の男性が声をかけてきて、夏芽はすぐに対応した。レジを済ませると稔がテーブルを片付けていたので、夏芽はすぐに代わった。

「すみません、夏芽さん」

「まだ勤務中だから。稔くんは彼女のドリンクを」

「ありがとうございます」

そんな夏芽と稔のやりとりを見た渚沙はにんまり笑った。

そして客席を綺麗に片付けて食器を持って戻ってきた夏芽に、渚沙が声をかけた。

「ねえ、夏芽ちゃんはどうしてこの店で働こうと思ったの？」

あまりにも親しげに話しかけてくる渚沙の態度に、夏芽はびっくりした。

「渚沙、失礼だよ」

と稔が指摘すると、渚沙は笑顔で言った。

「だってこの店のスタッフでしょ。だったらもう家族みたいなもんじゃない。麻沙ちゃんだってそうだし」

家族という言葉に夏芽はさらに驚いてしまった。そして、同時に渚沙に対して尊敬の念を抱く。

古くから付き合いのある稔と渚沙と常連客。彼らと違って今この店でよそ者だったはずの夏芽は、渚沙の会話の流れで瞬く間に仲間入りしたのだ。

もちろん戸惑いはある。けれど、意識しているのかそうではないのかはわからないが、渚沙の気遣いは夏芽をこの空間でひとりぼっちにはさせなかった。

「夏芽さんはうちの人手が足りないから善意で来てくれたんだよ」

と稔が答えた。

それは事実であるが、夏芽の気持ちは少し違った。

「私もこのお店が好きになったの。毎日ここへ来られたらいいなと思って」

すると渚沙は明るい笑顔を夏芽に向けた。

「だよね。あたしも毎日来たいんだけど、なかなか時間が取れなくて」

その反応に稔は怪訝な表情をした。

「毎日来たいなんて初めて聞いたんだけど。うちで働きたいなんて言ったことないよね」

「働くのと客として来るのは別なの。あたしは癒されに来てるんだから。ところであたしを癒してくれるドリンクまだ？」

「はいはい」

稔は肩をすくめながら鍋にすり下ろしたウコンと生姜を入れた。

「じゃあ、あたしたちもそろそろ帰るよ」

常連客のふたりが席を立ち、財布を出して声をかけてきた。

皿を洗い終わった夏芽がレジの対応をする。

ひとりが会計をしているあいだ、もうひとりが渚沙に声をかけた。

「渚沙ちゃん、勉強大変でしょう？」

「大変なんてもんじゃないよ。頭がおかしくなりそうだよ」

「そうか。あたしらは応援しかできないけど、頑張ってね」

「ありがと、おばちゃん」

渚沙は明るく答えた。

大学生だから勉強があるのはわかる。だが、周囲から大変と言われるほど渚沙はレベルの高い大学へ通っているのだろうか、と夏芽は疑問に思った。

日が暮れて、店の外はすっかり薄暗くなっていた。

玄関先のセンサーライトが点灯し、庭先をぼんやり照らしている。

常連客のふたりはにこやかに帰っていった。

これで店内は夏芽と稔と渚沙の三人だけになった。

夏芽は客席を片付けてキッチンへ戻ってくる。すると、ちょうど鍋が煮詰まって濃い黄色に染まっていた。

「わ、綺麗」

夏芽が何気なく発した言葉に、稔が笑顔で反応した。

「出来上がったらもっと綺麗な黄金色になります」

自分が飲むわけでもないのに夏芽は楽しみになってきた。

渚沙はふたたびスマホをいじり出した。だるそうに頬杖をついてぼやく。

「はぁ、もっと酒に強くなりたい」

それを聞いた稔が呆れ顔で言った。

「あれほど飲みすぎないように言ってるのに、渚沙は人の話を聞かないよね」

「今回はただ羽目を外したわけじゃないの。ちゃんと理由があるの。聞いてくれる？」

「言いたいんだね」

稔が答えると渚沙は険しい表情で語り始めた。

「今回は思っていた人と違ったって言われたの。たぶん、出会ったときにあたしがちょっと派手なカッコしてたからかな。もっとアウトドアを楽しんでくれると思ったって言われて。そりゃ楽しいけどさ。毎週土日にキャンプとかバーベキューとか釣りとか、さすがに時間取れなくて」

「それで振られたんだ」

「そうなの。しかも、すでに別の彼女を見つけていたのよ。ひどくない？」

「そうだね」

ふたりの会話を聞いていた夏芽は、渚沙が彼氏と別れたばかりなのだと悟った。それでやけ酒でもしたのだろう。

渚沙は不貞腐(ふてくさ)れたような顔で深いため息をつく。

「こっちは遊んでばかりいられないんだって。あたしの事情を知ってるくせに、結局男って何でも自分に合わせてくれる女がいいのかなあ」

「そんなことないと思うけど」

稔は困惑の表情で返す。

「夏芽ちゃんは彼氏いる?」

「いないよ。私も今年別れたんだ」

問われた夏芽は苦笑しながら返す。

「えー、そうなんだ。もう今日は一緒に飲んじゃおうか。男の生態について語ろ」

「いいね。私も知りたい。いろいろあったから」

すると、渚沙は眉をへの字にして自分と夏芽を交互に指さす。

「何かここ、めっちゃ切ない空気だよね」

彼氏と別れたばかりの女がふたり。それに挟まれる稔はその空気に少々気まずさを感じたのか、すぐに話題をそらした。

「飲むなら別の日だよ。今日はやめておくこと。いい加減に自分の身体を大事にしなよ。医者になる人間がそれでどうするの?」

「わかってるー」

渚沙は膨(ふく)れっ面(つら)で答えた。

夏芽は驚いて渚沙に訊く。

「もしかして医大生なの？」

「うん、そうだよ。みんなに絶対見えないって言われるんだけど、これでも毎日廃人になりそうなくらい勉強してるの」

「そうなんだ。すごいね」

なるほど、先ほどの常連客が言っていたことが、夏芽にも理解できた。

「だから、たまには羽目を外さないとね」

「そうだね」

夏芽には到底想像もつかないほど大変な世界で渚沙は生きているのだろう。明るく振る舞っているが、相当苦労しているに違いない。しかし、苦労を表に出さず、彼女は明るい。

どうしたらそんなふうになれるのだろう。

夏芽は少し渚沙がうらやましかった。

「夏芽さん、よかったら作り方を見ますか？」

稔は冷蔵庫から牛乳と豆乳とココナッツミルクを取り出したところだった。

「それを入れるの？」

「はい。ウコンは苦いので、飲みやすくするためにこれらで調節します」

そう言って、彼はミルクを投入した。

濃い黄色はだんだんとまろやかなクリーム色に変化し、ふんわりもったりした柔らかい見た目になった。

仕上げにはちみつを入れ、カップに注いだあと稔はパウダー入りの小瓶をふたつ手に持った。

「これは最後の色づけと香りづけに」

ひとつはシナモンパウダーだ。振りかけるとふわっとシナモンの香ばしい匂いがした。

そして、もうひとつはターメリックパウダーだ。こちらは味というよりも、色をもっと鮮やかにするためのものだった。

出来上がったものはまるでシナモンラテのようだった。

稔の言った通り、綺麗な黄金色である。

夏芽はラテの入ったカップをソーサーに置き、それをトレーにのせて渚沙のテーブルに運んだ。かちゃっと軽やかな音を立て、湯気がふんわり広がる。

「ああ、いい匂い」

渚沙は香りを嗅いだあと、ラテをひと口飲んで満面の笑みを浮かべた。

「美味しいー」

と渚沙は声を上げる。

口もとはほころび、頬は赤く染まり、その表情だけで美味しいものを口にした喜びが全面にあふれている。

「よかったら夏芽さんも飲みますか？　美肌効果が抜群なんです」

「うん、ありがとう」

稔は渚沙と同じラテを夏芽のために作ってくれた。

夏芽はカップを手に持って口もとへ近づける。

まずはきりっとしたシナモンの香りが鼻をくすぐる。

ウコンは生薬で独特の苦味と辛味があり、漢方薬に使われる。その先入観がゆえに少し躊躇したものの、口に含むとジンジャーとココナッツの風味とまろやかなミルクの甘さがまったりと広がっていった。

はちみつ効果もあって、スパイシーで甘いラテになっている。

生姜湯よりも優しくて、ほんのりとした感覚に包まれる。

全身に沁みわたっていく黄金のラテ。

これは二日酔いの効果だけでなく、風邪のときにもよさそうだ。

「毎日飲んだら健康になれそうだね」

夏芽が何気なく言ったその言葉に、渚沙がすぐに反応した。

「うん。でも、健康にいいって言われたり栄養があるって言われるものでも、摂りすぎるのはよくないんだよ」

「そうなの?」

「そうそう。薬には副作用があるでしょ。それと一緒。人それぞれ体質も違うしね」

「あ、そっか」

夏芽は風邪を引いたときのことを思い浮かべた。

病院で処方される薬にはいつも副作用の情報が明記された紙がある。今まで薬を飲んで具合が悪くなったりすることはあまりなかったけれど、夏芽の母は薬の副作用で悩んでいたことがある。それを思い出して納得した。

「なんでも適度がいいですよね。食事も睡眠も、仕事もね」

稔がそう言うと、夏芽は以前の自分を思い出した。

そういえば、何日も残業して食事もろくにとれなかった頃、自分の身体のことなんて考えたこともなかった。

真面目に話していた渚沙が急に砕けた表情になった。

「でもさ、ちょっとくらいなら無理しても大丈夫って思っちゃうよね。若さでなんとか乗り越えられるから」

「若い頃の過ごし方は歳を取ったときに少なからず影響があるよ」

「もうー。稔ってじじくさーい」

ふたりのやりとりを聞いて、夏芽はふふっと声に出して笑った。

渚沙が膨れっ面で稔に抗議する。

「ほら、夏芽ちゃんに笑われたでしょ。稔のせいで」

「違うよ。渚沙の言動のせいだよ」

わざとらしい責任のなすりつけ合いは、ふたりの仲のよさを際立たせる。

今まで築いてきた信頼関係が強固なものだと夏芽にもわかる。

「ふたりはどれくらいの付き合いなの？」

夏芽の質問にふたりはよそを向いて考え込んだ。

お互いの祖父が友人同士なのだから、それこそ生まれたときからの付き合いかもしれないと夏芽は思った。

先に答えたのは渚沙だった。

「覚えてないよね。だって学校は違ったし、たまにおじいちゃんがこの店に連れて来てくれるくらいだったから。幼稚園のときにもう会ってると思うけど、いちいち記憶してないよ」

すると、稔もそれに続けた。

「親戚の子に会う感覚かな」

「そうそう、そんな感じ」

「渚沙は派手好きだから僕とは性格が合わないしね」

「稔はインドアだからねー」

「そんなことないよ。昔からこの庭の世話をしていたし」

「それはアウトドアとは言わないの」

　ふたりの軽快なやりとりは、聞いているだけで楽しい。稔の新たな一面を知ることもできて、夏芽にとってお得感満載だ。

　それと同時に少しだけ寂しく感じてしまうことも否めない。

　だって夏芽はほんの二カ月程度の稔の姿しか知らないから。

　それでも性格の合わないふたりが今でも友人としてつながっていられるのは不思議だった。

　話が合わない友人とは自然と疎遠になってしまうのが常だが、稔と渚沙はそんなことなど気にもしていないようだ。

「合わなくても、ずっとつながっていられるのは、それだけ信頼関係があるからだよね？」

　夏芽がそう言うと、渚沙は笑顔で答えた。

「うん。だって、稔と約束したことがあるもんね」

「約束？」

「お互いにそれぞれの道でこの町の人たちを健康にしようって」

渚沙の言葉に稔は首を傾げた。

「そうだったかな？」

「え？　忘れた？　稔が言い出したことだよ」

「そんなこともあった気がする」

「もうー。ほら、男ってすぐに忘れるよね」

渚沙は夏芽に同意を求めるように目を向ける。

夏芽は笑いながら軽くうなずく。

稔は困惑の表情で頭をかいた。

「忘れたわけじゃないよ。でもそれ、かなり昔のことじゃないかな」

「高一のときだよ。あたし親と喧嘩（けんか）してさ。親の言うことなんて絶対聞かないって思って勉強もせずに友だちと遊びまくってたの。そうしたら稔から電話が来て、勉強しろって言うんだよ。学校も違うのにわざわざ説教する？」

腕組みをして話す渚沙に、稔が冷静に答える。

「渚沙は模試でもトップレベルだと聞いていたし、頭がいいのにもったいないと思ったんだよ」

「親が泣きついてきたからでしょ。あたしをなんとか説得してくれって」

「うん。まあ、それもあるかな」

「やっぱりね」

渚沙は両手でカップを持ち、それを飲むわけでもなく、ただ物憂げな様子で話した。

「うちの両親、医者なんだ。あたしにも同じ道を進ませたくて、昔から勉強ばっかりだったの。でも、疲れちゃって……なんでこんなに頑張らなきゃいけないんだろうって」

渚沙には自分で決めた目標や、やりたいと思ったことがなかったのだろう。けれど、すべて親の言う通りに進学し、将来を決めることに疑問を抱いていた年頃だったのだ。

夏芽はその点、家族から何かを強制されることはなかったので自由に過ごした。ただ、夏芽の夢はあまり応援してもらえなかったけれど。

やりたいことがあってもうまくいかずに葛藤する夏芽と、誰かに与えられた道をただ進むだけなことに苦悩する渚沙。お互いに状況は違ってもそれぞれの悩みがあった。

それでも今の渚沙は吹っ切れて前に進んでいるように見えた。

夏芽はいまだ、心にしこりのようなものがある。

「稔くんとの約束があったから乗り越えられたのね」

夏芽がそう言うと、渚沙はにっこり笑った。

「そうなの。あのとき稔がめずらしくかっこいいことを言ったの」

「めずらしく？」

渚沙の言葉に稔が少々不満げな表情をする。

しかし渚沙は気にすることなく夏芽に向かって言った。

「稔は病気を予防する側になるって。だから、あたしには治す側になれって」

「それでやる気が出たんだ？」

「うん。それまでずっと将来がぼんやりしてて、いまいち自分がどうしたいのかわからなかったんだ。でも、それを聞いたら、なるほどそっかという気になったの」

そばで聞いている稔は少し照れくさそうにしている。

渚沙は店内を見まわして、それから夏芽にふたたび笑顔を向けた。

「この店には顔見知りの常連さんがいっぱい来るんだけど、みんな腰を痛めていたり、持病を持っていたりするのよね。稔の言葉を聞いてから、みんなに対する意識が変わったんだ」

それは夏芽もそうだった。

週末はそれこそ若い観光客が多いけれど、週の半ば(なか)の午後は常連の老齢の客が多い。彼らはいつも元気そうに笑っているが、病気がちだったり足腰が弱かったりと身体的負担を抱えている。

それでもこの店を訪れたいと思うのは、ここに来るとそれらを忘れることができるからだと誰かが言っていた。

そのことを思い浮かべると、渚沙の言葉がじんわり胸に沁みる。

渚沙はにっこり笑って話す。

「ここに来る人たちの笑顔を守りたいなっていうほんの少しの気持ちだよ」

「自覚が出たってことだよね」

夏芽がそう言うと、渚沙は照れくさそうにした。

「そんなすごい使命感はないけど、ただ町の人の笑顔を守るって素敵なことかもしれないって思ったの」

稔と渚沙がそれぞれの立ち位置で地域医療に従事する。それはそう遠くない未来であり、とても現実味のある話だ。ふたりはその道へ向かってしっかりと準備しているのだから。

渚沙は明確な目標ができたからこそ、つらくとも明るく前を向いていられるのだろう。

それは少し、夏芽にはうらやましい。

「でもやっぱりキツイよね」

渚沙は苦々しい顔つきでため息をつく。

医学部に進んだ渚沙のことを、周囲は順調な人生を送っていると見がちだが、現実はそれほど甘くはなかった。当然勉強のためにほとんどの時間を割くことになり、恋人ができても忙しくてなかなかデートができず、会わないうちに別れてしまうこともあるようだ。

「なんだろ……最初はめずらしがって近づいてくるのに、実際に付き合ったら逃げていっちゃうの。あたしがなかなか会えないからなのかもしれないけどさ」

渚沙はほとんど飲み終わったカップを揺らし、底に残ったラテをぐるぐるまわした。すっかり冷めてしまっているそれを、彼女はぐいっと飲み干す。

「それは相手が渚沙をちゃんと見ていないからだよ」

と稔が言った。

その容赦ない言葉に、渚沙はため息をついてカウンターテーブルに突っ伏した。

「うーん、難しいね。答えがないって」

渚沙を見ていると、夏芽は脳裏に苦い記憶がよみがえった。

この前まで付き合っていた彼は、夏芽のことをどれくらい見てくれていたのだろう。いや、夏芽自身も彼のことなど何も見えていなかった。

そうでなければ、彼が浮気心を持っていたことにまったく気づかなかったはずがない。

本当は、夏芽自ら別れを告げたくせにあっさりとそれを受け入れた彼に対し、まったく未練がなかったというのは嘘になる。

だが、それも過去の話だ。

「こういうのって縁だから、いつか自分に一番いいと思える人に出会えるかもしれないよ」

夏芽はまるで自分に言い聞かせるように言った。それはまだ過去のことをきちんと清算できていないからなのかもしれない。

「だといいんだけどね。あたしがもっと変わらなきゃいけないのかも」

「でも、無理して自分を変えることはないと思う。そのままの渚沙ちゃんと合う人は、きっといるから」

相手のために無理して自分を変えようとしたり、ましてや相手の言いなりになったりしていては、その付き合いはうまくいかない。

自分の好きなことを真っ向から否定してくる相手とは、一緒にいても苦しいだけだ。

「稔みたいに誠実で真面目な男だったらいいのかなあ」

渚沙の何気ないその言葉に、夏芽はどきりとした。

渚沙にどういう意図があってそう言ったのかはわからない。ただ単に稔のような男性像が理想なのか、あるいは稔自身に好意を持っているのか。

先ほど稔は渚沙のことを親戚の子のような感覚だと言ったが、渚沙がそう思っているかはわからない。

だって夏芽から見たら、このふたりはあまりにもお似合いだからだ。

あまり積極的でない稔が、唯一心を許して話せる相手が渚沙なのだと見てわかる。

「ねえ、夏芽ちゃん？　夏芽ちゃんもそう思うよね」

「え？」

ぼんやり考えごとをしていて、とっさに訊かれたので思わずうなずいた。

「だよねー」

稔のような男性が理想であるという話だろう。

夏芽はちらりと稔の姿を目で探した。彼は少し離れた場所でごみの片付けをしている。そして彼はそのまま裏口から出ていった。

夏芽はラテを飲み終えたあと、渚沙のカップも一緒に回収し、シンクでスポンジを泡立てた。

しばらくすると稔が戻ってきて、手を洗ってから夏芽に声をかけた。

「そろそろ上がりですよね？　少し早いですがお客さんもいないし、もう大丈夫ですよ」

先ほどの夏芽と渚沙の会話は聞いていなかったようだ。

そのことに夏芽は少しほっとした。

「ありがとう。じゃあ、これを片付けてから帰るね」

夏芽は他の食器と一緒にふたつのカップを洗い終わると、手を拭（ふ）いてエプロンを外した。

渚沙が背伸びしながら立ち上がり、夏芽に声をかける。

「夏芽ちゃん、どこ住み？」

「横浜だよ」

「じゃあ、駅まで一緒に行こうよ」

「いいよ」

軽い気持ちで了承した。

店を出るとすっかり夜の景色になっていて、乾いた葉擦れの音がさわさわ聞こえた。日が落ちると一気に冷える。いくら昼間が暖かくても、やはり秋の終わりなのだと感じさせる。

夏芽はしっかり防寒し、マフラーを首に巻いている。一方、渚沙はジャケットのみという格好だ。

「やっぱり夜はちょっと寒いねー」

「そうだね」

渚沙の言葉に同意したけれど、夏芽にとってはちょっとどころではない。

渚沙は頬がほんのりピンクで、血流がいいのだろうなと夏芽は思った。そして、そんなことを自然と考えてしまうことに、自分はずいぶん稔の影響を受けているなとも思った。

「二日酔いは大丈夫？」

夏芽が訊ねると、渚沙は笑顔で答えた。

「うん、だいぶいい。あたしお酒弱いんだよね。稔の言う通り控えめにしておこう」

「私もあんまり強くないからわかるよ」

夏芽がそう言うと、渚沙は身を乗り出すようにして訊いた。

「無性に飲みたくなるときってない？」

「あるよ。でも結局あとでつらくなっちゃう。だから、最近は控えているかな」

ずいぶん年寄りじみたことを言ってしまったなと思った。けれど、渚沙からすれば夏芽は三つ上の社会人。社会の荒波を多少なりとも経験しているし、理不尽な思いに諦めの感情を抱くことも多くあり、学生の頃よりは考え方がずいぶん変わった。

「あたし、そういうとこだよね。ちょっとくらい無理してもいいかってなるの。で、あとになって後悔するんだよね」

「昔は私もいろいろ無理してたよ。徹夜明けでも遊びに行けたし、バイトもできた。

でも、今はちょっと無理かも」

「そうなの？　あたし徹夜しまくってるよ」

「若いから大丈夫」

「夏芽ちゃんも若いでしょー」

渚沙はけらけら笑う。

夏芽と渚沙のあいだにある垣根が、少しずつ取り払われていく。

そのように他人が近づいてくるのを嫌がる人もいるだろうが、少なくとも夏芽は悪い気はしなかった。ただ、稔の幼馴染という存在であるがゆえに、渚沙はわずかばかり夏芽の心を揺さぶる。しかし、そんなものは自分の都合でしかない。

それでも、どうして胸がざわつくのか、そのことは考えないようにしていた。

ひらりと枯れ葉が舞い落ちて、道路の端に転がっていった。そこには赤や茶色の絨毯が広がり、真上の木々はところどころ枝がむき出しになっている。

紅葉は美しいが、その年の生を終了したという証でもある。たまにそれを考えると妙に切なくなる。じわじわと、終わっていくことを実感してしまうから。

「ねえ、訊いてもいい？」

「うん？」

突然そんなふうに声をかけられて、夏芽は視線を渚沙へ向けた。

「どうして彼氏と別れちゃったの？」

「え？」

「あ、言いたくなかったらいいんだ。ただ、夏芽ちゃんみたいな素敵な人がどうしてそうなってしまったのかなって」

「素敵な人は言いすぎだよ」

苦笑しながら返すも、そう言ってもらえたことは嬉しい。

夏芽は少し記憶を辿る。

派手に喧嘩をしたわけではない。相手が浮気をしていたという確たる証拠もない。ただ、大学の卒業を機にそれぞれ別の道ができてしまった。そして、お互いにそれを尊重し合うことができなかった。

「すれ違ってしまったからかな」

と夏芽は言った。

自分のことに精一杯で相手のことを考える余裕などなかった。環境があまりにも変わってしまったし、それに対応するのに必死だった。

「不安とかいろいろ、相手にちゃんと言葉にすることができなかった。でもわかってほしいという気持ちはあったし、そういうところは自分勝手だったかなとは思う」

当たり障りのない返答をした。

実際にあとになってみてわかったこともある。当時は客観的に物事を見ることができなかったから。もう少し話し合いができればよかったのかもしれない。

「そっか。ごめんね聞いちゃって。でも、夏芽ちゃんは相手のせいにはしないんだね。あたしなんかすぐ相手の不満を言っちゃうんだけど」

「不満はあったよ。それこそ数えきれないくらい。だけど、同じように相手も私に不満を持っていたと思う。だから、お互いさまだよね」

夏芽の絵を否定されたことは言いたくなかった。口に出してしまうと惨めな気持ちになってしまうから。それだけは心を守るためにこの先誰にも言わないだろう。

渚沙が静かに立ち止まり、夏芽も足を止めた。

駅までもう近い。

冷たい風が当たって、渚沙の鼻がほんのり赤く染まっていた。

渚沙は夏芽ににっこり笑う。その表情は先ほどまでの明るさに、少し哀愁が混じっている気がした。

「ありがとう、話してくれて。少し気持ちが楽になった」

「本当？」

「うん。あたしも今は心の余裕がないのかもしれないなって。どうして別れちゃったんだろうって考えるより、今やりたいことを精一杯やったほうがいいよね」

夏芽も渚沙に向かって微笑んで答える。

「そうしたらきっと、いい出会いがあるよ」

「夏芽ちゃんも、きっとあると思う」

「ありがとう」

ほんの少し同じ思いを共有できたような気がした。今このタイミングで渚沙に出会えたことは、奇跡なのかもしれない。

変わらず渚沙に対してうらやましいという気持ちはわずかにあるし、稔との仲のよさに少し胸がざわついたりもする。

だけど、嫌いじゃない。むしろ、渚沙の明るさに救われている部分もある。

「じゃあ、あたしこっちだから」

渚沙は夏芽が向かう先とは別の方向を指さして言った。

「うん」

「ほんとにありがとう。おしゃべりに付き合ってくれて。すごく楽しかった」

楽しかったのは夏芽も同じだ。

「私も楽しかった。また話せるといいな」

「うん。さっきの話は稔には言わないでおくね」

夏芽もそれに笑ってうなずいた。

渚沙の気遣いに、夏芽は少し安堵した。

「渚沙ちゃん、勉強頑張ってね」

「あー、現実……でも、ありがと。頑張る」

渚沙はそう言って笑顔で手を振って立ち去った。

夏芽は軽く手を振って、彼女の姿が見えなくなるまで見送った。それから、ゆっくりと自分の帰り道を進む。すぐそこに駅が見えているから、周囲が明るくなっていく。

少し、渚沙とのやりとりを頭の中で思い起こす。

店に三人でいたときに、話の流れで彼氏と別れたことを口にして、稔に知られる形となった。言わなくてもよかったが、隠すことでもない。

けれど、知られないほうがよかったのかなと、今さら少し気になっている。

改札口に向かう前に、少し後ろを振り返った。当たり前だがそこに稔の姿はなくて、夏芽はそのまま足を進めて改札を通り抜け、ざわつくホームへ向かった。

わずかばかり、胸の奥に寂しさがよぎった。

*

『ふたり、仲いいんだね』

店じまいをして布巾(ふきん)を洗っていた稔は、渚沙のからかうような言葉を思い出し、羞恥に頬を赤らめた。

あのときはどうにか無難な返答をすることができたが、実は稔は混乱していた。

「渚沙があんなこと言うから、夏芽さんに変に勘違いされるところだった」

ぼそりとそんなことを呟いたあと、少し複雑な気持ちになった。

最初にきちんと線引きをしなければならないと思ったのに、何を期待しているのだろう。

洗った布巾をぎゅっと絞りながら、稔は夏芽と出会った頃のことを思い浮かべた。

この店の庭で夏芽が見せてくれた黄金の【かおりぎ】の庭の絵は本当に素晴らしかった。

偶然にも夏芽の背後が夕焼けに染まり、夏芽自身も綺麗に見えた。

そんなことを口にできるわけがないので、稔は夏芽の絵が綺麗だと言った。

しかし、本当の気持ちはずっと心の底で眠っている。

雑貨屋に行って額縁を購入し、夏芽の絵を入れて店に置いて飾った。夏芽は「雑だから」と言って乗り気ではなかったが、実際に飾ってみたら、何気なく目にして声をかけてくる客がいた。

「これってこの店の庭の絵だよね？　夕焼けと金木犀が重なって綺麗に見えるね」

そんなふうに言ってもらえたとき、稔は自分のことのように嬉しかった。だから、この気持ちは本当にひとりのファンとしての感覚なのだ。そう思うようにしても、なぜかそのたびにあの庭の夕暮れの中で輝いて見えた夏芽の姿ばかりが思い浮かぶ。

「いやいや、何を考えてるんだ」

稔は首を振って自身の気持ちを否定した。

その際、せっかく洗った布巾を床に落としてしまった。稔はため息をついて、もう一度布巾を洗うために洗剤をかける。

誰もいない店内は静まり返っている。

客席側の照明は落とされ、カウンター照明のオレンジの光がぼんやりとキッチンを照らしている。ごしごし泡を立てて洗う布巾は稔の手と一緒にほんのりオレンジ色に染まった。

真剣な表情で手を動かす稔。その胸中は複雑だった。

『稔みたいに誠実で真面目な男だったらいいのかなあ』

実はあのとき、ふたりの話はごみをまとめていた稔にも聞こえていた。

渚沙のあの言葉は昔からよく言うフレーズに過ぎない。実際には、彼女の恋人のタイプは稔とは正反対の部類で、スポーツが得意だとか飲み会が好きだとか、女性と交流することが得意なとにかくアクティブな男性である。

『夏芽ちゃんもそう思うよね』

渚沙は軽い気持ちで同じ女性に同意を求めただけだ。

稔はその答えを聞かずに裏口の扉を閉めた。

夏芽がどういう反応をするのか気になった。その場の空気に合わせて同意するかもしれないし、なんの反応もないかもしれない。それどころか、複雑な顔で苦笑するかもしれない。

そんなあらゆる想像が瞬時に頭の中に広がり、答えを聞くのが怖くなった。

どうでもいい相手についての反応を、夏芽の口から聞きたくなかった。

いつからこれほど意識するようになったのだろう。

最初は気になる程度だった。だから勘違いしないようにしていたのに、連絡先を聞いてからメッセージのやりとりをするようになって、急速に夏芽の存在を近くに感じるようになった。

毎日ではないが、たびたび夜にメッセージを送り合う。

稔はそのために必死に話題を探し、夏芽が喜んでくれそうなことを簡潔な文章で送る。

友人同士の会話みたいなやりとりではなく、ある程度手紙のようなメッセージを作って送信し、夏芽からも同じように戻ってくる。二、三回のやりとりでそれは終わる。

いつも稔の返事で終わっていた。

あまりしつこく送らないほうがいいのかもしれないと思ったが、やはりこういったやりとりは嬉しくて、稔もつい【手紙】に力が入ってしまうのだ。

もしも、毎日気軽に電話ができる関係になれたら、などと考えなかったわけではない。むしろ、それを望むようになった。

そのたびに、躊躇してしまう。

「夏芽さんとは不釣り合いなのに」

綺麗に洗い上げた布巾を絞りながら、稔はぼそりと呟いた。

余計なことをいろいろと考えてしまう。

夏芽が見合い話を本気にして店に来てくれたあの日から、稔の心には夏芽の姿が常にある。

最初は夏芽の体調が気になっていただけ。もし自分にできることがあるなら、彼女の身体を気遣ってあげたい。それは他の客への思いと同じものだった。

しかしひとつ違うのは、もっと夏芽と同じ時間を共有したいと思っていることだ。

他の客に対してだったら『次もまた店に来てほしい』と思う。ところが夏芽に対しては『次はいつ会えるんだろう』と思ってしまう。

だから、自覚せざるを得なかった。

何も用事がなくても、夏芽に会いたいのだと。

意識すると猛烈に顔が熱くなり、鼓動が速くなった。同時に自分が少し愚かなことを考えているような気になって恥ずかしかった。

夏芽の気持ちもわからないというのに。

『私も今年別れたんだ』

夏芽が彼氏と別れたことを口にしたとき、稔の中に小さな衝撃が走った。

どんな人と付き合っていたのだろう。どんな人が好みなのだろう。

そんな思いが頭の中を駆けめぐり、平静を保つのに必死だった。

別れた原因を知りたいと少しばかり思ったが、そんなことを訊けるわけもない。

渚沙ならあの性格だし、女同士だから気軽に訊けるかもしれないが、稔の立場ではその質問は失礼にあたるかもしれない。

知る必要などないことなのに、夏芽に関することならなんでも知りたかった。

いつの間にか、知りたいと思うようになっていた。

だが、迷惑だと思われてしまったら、店の仕事を辞められてしまうかもしれない。

だから、今一歩、稔は進むことができなかった。

絞った布巾を干しておき、シンクを綺麗にしてから、稔は店の照明を消そうとした。するど、ちょうど出かけていた誠司が帰ってきたところだった。

「稔」

店の裏口から声をかけられて、稔はどきりとして慌てて振り返った。

「三枝に野菜をもらってきた」

誠司が指を差した場所には大きな籠があり、大根や白菜、長ねぎやレンコンなど冬の野菜があふれていた。

三枝は麻沙子の祖父で、誠司の後輩である。稔も幼い頃からよく世話になっている。彼の自宅には小さな畑があり、毎年多くの野菜を収穫してはこうして近所の親しい人たちに配っているのだ。

「夏芽さんに鍋でもご馳走してはどうかな？」

意外な提案をされて、稔は驚いてしまった。

「いつも世話になっているからね」

夏芽に対して安い給料で働いてもらってすまないと、誠司はいつもこぼしていた。

誠司は手を洗って二階へ上がっていく。その途中ぼそりと呟いた。

「明日の夜は老人会だ」

つまり誠司は外で食事をし、気心の知れた仲間たちと友人の小さな居酒屋で酒でも飲んで帰るのだろう。いつものことだ。

わざわざその予定を稔に告げることはあまりない。

無造作に置かれた野菜は土をかぶっていて、採れたてで最高に新鮮だ。それを使って鍋料理をするなど贅沢なこと極まりない。

「え……ふたりで？」

稔は少し戸惑った。

駅まで送っていくときに、何気なく会話をすることはあるが、ふたりきりで食事など一度もしたことはない。

深い意味はないのだ。ただ、お世話になっているからそのお礼がしたいだけ。せっかく採れたての野菜があるから、健康によい鍋料理でも作れば、きっと喜んでくれるかもしれないというだけ。

そんな理由を頭の中でめぐらせていると、メッセージの通知音がした。そちらへ目をやると、カウンターテーブルに置いたスマホ画面がぼんやり光を放っていた。

稔はスマホを手にして指でスクロールする。

送り主を見て、少しばかり拍子抜けした。

夏芽だと思って緊張して見てみたら、渚沙だったから。

『夏芽ちゃんといっぱいお話ししちゃった』

『楽しかったよ』

それを見て稔は口もとに笑みを浮かべた。そしてすぐに返信する。

『よかったね』

たったそれだけのこと。

渚沙に対しては何も考えずにメッセージを送ることができる。それなのに、相手が夏芽だと、こうも緊張してしまう。

同じようにメッセージを送ればいいだけ。

稔は夏芽宛てのメッセージを入力する。

『夏芽さん、お疲れさまです』

そこまでは素早く入力できた。

『もしよかったら明日』

少し、悩む。

急なことだし断られるかもしれない。そのときは仕方ない。相手にも都合があるから。

などとさまざまな言い訳を頭の中に並べ立てながら、稔は最後まで文面を入力した。

『薬膳鍋を作るので一緒に食べませんか？』

『おじいさんが留守なのでふたりですがよかったら』

稔は少し考えたあと、二行目を送るかどうか迷った。

もしかしたら、ふたりきりなら断られてしまうかもしれないと危惧したからだ。しかし、前もって何も言わずにいて当日いきなりふたりだけですというのも、失礼な気がする。

稔は少し躊躇したあと、思いきって送信した。

薄暗くなったスマホの画面をずっと意味もなく見つめていた。そうしていたら、それほど時間も経たずに夏芽から返事が来た。

『嬉しい。楽しみ』

それを見た瞬間、稔はスマホを落としそうになり、慌ててガシッとつかんだ。

夏芽とふたりきりでの食事が叶う。

稔は急に緊張してきた。

「そうだ。準備しなきゃ」

店じまいをしていたはずの稔は、明日の鍋作りのための下ごしらえをすることとした。

スマホをカウンターテーブルへ置き、手を洗って包丁とまな板を用意する。そして生姜と長ねぎと、昨日知り合いの精肉店でもらった鶏ガラを冷蔵庫から取り出した。

この鶏ガラはいつもスープや煮物、炒め物にも使っている。

生姜と長ねぎはざっくりと切って、鍋に鶏ガラと一緒にいれる。水を入れて火にかけるとそこから三時間ほど煮るのである。これは鍋の出汁として使うつもりだ。

壁時計に目をやると九時前だった。出来上がる頃には夜中の十二時を過ぎるだろう。そこから翌日までじっくり寝かせる。

明日は早めに帰って店じまいをしたら、食材の準備をして、それから今日作った出汁を使って鍋用のスープを作ろう。

子どもの頃に感じた、遠足の前日のような、わくわくした気持ちになった。

＊

この日の夏芽は朝からそわそわしていた。

いや、正確には昨日の夜に稔からメッセージをもらってからだ。

まさか一緒に食事をと誘われるとは思ってもみなくて、夏芽は浮ついた気分がなかなか落ち着かず、寝つくまで時間がかかった。

メッセージの『ふたりですが』の言葉を何度も見てしまった。

稔はきっと気を使ってわざわざ言ってくれたのだろう。深い意味などない、と夏芽は思うようにした。

それでも嬉しくて、今までで一番仕事に行くのが楽しみになった。

そして、いつものように店に出勤する。

母に今夜は夕食を食べて帰ると言ったが、父には余計なことは言わないようにと釘を刺しておいた。もちろん、母もそれはすんなり了承していたが、何かしら感じとっているだろう。

問題は父だ。話がこじれてしまうから、できれば稔とふたりで食事することなど知られたくない。

こういうところが実家暮らしのデメリットだなと思う。

ひとり暮らしだったら夜遅くなろうが、外泊しようが、自由だったから。

それでも、いい大人が家に置いてもらっているのだから、感謝こそすれ文句など言えない。

今日は朝から一段と冷え込み、このまま冬に入っていく気配があった。天気予報でもしっかり防寒をと言っていたし、夏芽は着込んで仕事に向かった。

それでも昼間は比較的暖かく、接客で動きまわるため、少し汗ばむこともあった。

そこそこ客も入り忙しく動いていたが、夕方になると客は引いていった。

稔はいつもより早く帰ってきて、食器の片付けをする夏芽のとなりで鍋料理の準備を始めた。

「今日は鍋のお誘いありがとう」

夏芽が声をかけると、稔はシンクで包丁を研ぎながら答えた。

「こちらこそ。急にすみません」

「うん。稔くんの作る料理は美味しいから嬉しい」

稔は包丁を研いでいるせいか、まったく顔を上げずに話す。

「野菜を、いただいたんです」

「うん」

「とても、食べきれないから……」

「そっか。だから誘ってくれたんだね」

それっきり会話が途切れてしまった。

稔は包丁を研ぎ終わり、次の作業へ移る。

テーブルを拭いていた夏芽はふと壁時計に目をやった。六時半を過ぎたところだ。

この時間に誰もいないということは、もう今日は誰も来ない可能性がある。

「お客さん、来るかな？」

とりあえず稔に声をかけた。するとキッチンで作業をしていた彼は淡々と答えた。

「今日はもう来ないかもしれませんね。クリスマスに年末とみなさん忙しい時期ですし」

クリスマスか、と夏芽は胸中で呟いた。

そういえば、稔はクリスマスの予定などあるのだろうか。

まだ大学生なのだから友人たちとの飲み会だってあるだろうし、クリスマス会もあるのではないか。そう思うと、急に稔が遠い存在に思えてきた。

そして今日はいつもと違って、稔はやけに静かだ。夏芽は何か話しかけようと思うのだが、なかなか話題を見つけることができない。

しかも、稔はあまり夏芽を見ようとしない。そのことが夏芽には気がかりだった。

だが、それは夏芽の思い過ごしなのかもしれない。

トントントンと食材を刻む音がして、鍋がぐつぐつ沸騰（ふっとう）する音も聞こえる。

カウンターテーブルの向こうで稔が食材の準備をしていた。

店内の掃除をほぼ終えた夏芽に、稔が言った。

「今日は早く店を閉めましょうか」

「わかった。じゃあ、看板を片付けてくるね」

「お願いします」

夏芽は店先にある立て看板を片付けて、扉に閉店の札をかける。

それから店内に戻った夏芽に、稔が声をかけてきた。

「昨日はびっくりしたでしょう？」

夏芽は少し考えて、訊ねる。

「渚沙ちゃんのこと？」

稔は顔を上げて少しだけ夏芽と目を合わせた。

「馴れ馴れしくてすみません」

「稔くんが謝ることないよ。それに、私はすごく楽しかったよ」

「そう言っていただけて、渚沙も嬉しいと思います」

なんの裏もない、稔の純粋な気持ちだろう。

しかし夏芽は複雑な気持ちだった。

稔にとって渚沙は自分のことのように思える親しい存在なのだと言われているように夏芽には感じるから。

「私は賑やかなのも、静かな空気も、どちらも好き」

渚沙との時間も楽しかったが、稔といる穏やかでゆるりとした時間もたまらなく好きだ。そういう思いで伝えたつもりだが、稔は夏芽が気遣ってくれたのだと捉えたらしい。

「夏芽さんは優しいですね」

「本当にそう思ったからよ」

夏芽は乾いた食器を棚に片付ける。

稔は小皿に生姜をすり下ろしている。かちゃかちゃと食器が触れる音と、シュシュシュと生姜のすり下ろされる音が混じって、余計に静寂を際立たせた。

つまり、会話が続かないのだ。

夏芽は妙に緊張した。いつもはどうやって稔に接していただろうか。

これまでもふたりきりになる時間はあったはずだ。それなのに、今日はなぜか意識しすぎてしまう。こんなとき渚沙がいたら会話に困ることはないのだろうと、彼女の存在を欲してしまった。

生姜のつんとした匂いがして、鍋でぐつぐつ煮込まれている鶏ガラスープの匂いと混ざり、食欲をそそられた。

準備をする稔のとなりに、夏芽が立って声をかける。

「私も手伝うよ」

「あ、じゃあ、そこの茸（きのこ）を盛りつけてください。それから小松菜も洗っていただけると助かります」

「わかった」

夏芽はエリンギと椎茸（しいたけ）とえのきを皿に盛りつける。

稔は白菜をざくざく切って、ざるにドサッと放った。

夏芽は小松菜の土を丁寧に落として水で洗う。それから白菜の入ったざるに一緒に入れる。

野菜の準備ができたら、稔はスープ作りを始めた。

豆板醤(とうばんじゃん)と唐辛子で生姜と長ねぎを炒めてから、たっぷりの鶏ガラスープを入れる。そこに八角(はっかく)、なつめ、クコの実、松の実、ローリエ、シナモン、花椒(ファージャオ)、陳皮(ちんぴ)(みかんの皮)を投入する。

スープが紅く染まっていくと同時に濃厚な香りが漂ってきた。

見るからに辛そうなスープである。

「辛いのは大丈夫ですか？」

「うん、大好き」

「辛くないスープもあるのでどちらでも食べられます」

鍋は真ん中に仕切りがあって、鶏ガラスープと麻辣(マーラー)スープの二種類が楽しめるようになっている。

「私、こういうの初めてなの」

と夏芽が言うと、稔は明るい表情で笑った。

「美味しいですよ。きっと気に入ると思います」

ようやくいつもの稔の表情が見られて、夏芽は心底安堵した。

先ほどまで口数が少なかったのは、もしかしたら疲れていたからなのかもしれない。それもそうだろう。学校から帰って店の仕事もして、それから夏芽のために鍋料理を作ってくれるのだ。それも前日から準備までしてくれて。

稔は本当に、誰かのために精一杯の優しさを与えてくれる。見返りなど求めることなく、ただ純粋に笑顔で人と接してくれるのだ。

見習いたいけれど、なかなか難しい。だって、やっぱり認められたいという気持ちは誰しも持っているから。

稔に他人への嫉妬心なんてあるのだろうか。夏芽はふと、そんなことを思うのだ。

「それは何？」

稔が取り出した黒くて丸い塊を見て、夏芽は訊ねた。

「乾燥させた竜眼(りゅうがん)です。竜の眼と書きます。疲労回復に抜群の効果があるんですよ」

「え……竜の眼？」

夏芽がたじろいでいると、稔はそれを察したのか笑って言った。

「大丈夫ですよ。フルーツです。ライチに似ています」

「あ、なんだ。そっか」

本当に動物の目を入れるのかと一瞬夏芽は思ったが、それを聞いて安堵のため息をもらした。

「なつめに竜眼にクコの実。貧血改善と滋養強壮効果のあるものばかりです」

「そうなんだ。じゃあ、私にはぴったりだね」

夏芽は興味津々で聞いていたが、稔は少し複雑な表情をした。

「すみません、いろいろ言ってしまって」

「ううん、効能とか、薬膳料理の詳しい話が聞けるのは楽しいよ。そこまで考えて材料を揃えてくれるなんて、稔くんは本当に優しいんだね」

「え？　そんなことはありません」

「じゃあ、意地悪なの？」

「それもありません！」

稔はやけに真剣な顔で夏芽にはっきりと言った。

夏芽はおかしくなって、ふふっと笑う。

稔は頬を真っ赤に染めて、思いきり顔を背けた。

その瞬間、ぐつぐつと煮立つ鍋の泡がパチパチ弾け、その飛び散ったスープが稔の手の甲に当たった。

「熱っ……！」

「大丈夫？」

「平気です。でも熱いので夏芽さんは近づかないでください」

稔はそう言って手の甲を水で冷やす。

いまだに赤面したままの稔を見ていると、夏芽も妙に気恥ずかしくなって黙り込んでしまった。

稔はテーブルにガスコンロを置き、その上にぐつぐつ煮立つ鍋をのせた。

夏芽は先ほど盛りつけた野菜などをテーブルに並べる。

テーブルの真ん中に二種類のスープの鍋があり、そのまわりには鶏肉、豚肉、茸類、海鮮類、野菜類とたくさんの皿が並ぶ。

夏芽はよくわからないのでしばらく様子を見ていた。すると稔が菜箸（さいばし）で先に豚肉を入れ、それから野菜を入れていく。

しばらくして稔は豚肉を取り出した。麻辣スープの紅い汁が絡みつき、見るからに辛そうである。稔はその肉と先ほど入れた野菜をすべて器に盛って夏芽に差し出した。

「どうぞ。辛いので気をつけてください」

「ありがとう」

ふわっと立ちのぼる湯気の香りから、唐辛子の痺（しび）れる匂いが鼻の奥につんとくる。

野菜をひと口入れると舌にピリッとした感覚があり、たくさんの香味が混ざったコクのある味がじわじわと広がっていく。

なるほど、これは、癖になる。

「すっごい美味しい」

夏芽は思わず声を上げた。

稔は満面の笑みで答える。

「よかった。好きなものを入れてください。基本的に何を入れても美味しいです」

稔に言われた通り、夏芽はいろんな具材を試してみた。レンコンやえのき、油揚げ、きくらげ、イカやえび、豆苗やわかめなど。

本当に、何を入れても美味しく食べられるのだ。

「味に飽きてきたら別のたれを試してみてもいいですよ」

稔が差し出した器には醤油と黒酢が入っている。先ほどすり下ろした生姜やにんにくを投入し、最後にごま油をかけてパクチーを好きなだけ。

たっぷりスープに絡めた肉を特製のたれに入れて食べると、辛さはほどよくまろやかになり、さらに深みのある味になる。

これは、やみつきになる。

「美味しすぎて箸が止まらないね」

感動のあまり涙ぐむ夏芽を見て、稔はにこにこしていた。

漢方食材のたっぷり入った薬膳鍋は、食べるだけで疲労回復や免疫力向上など、身体によい働きをもたらす。その上、味はやみつきになるほど美味しいので、女性を中心に大変人気な料理である。

薬膳鍋専門の店があるほどだから、その人気ぶりは今まで食べたことのなかった夏芽でも、耳にしたことがあるくらいだった。

それを家で作って食べられるとは、この上なくお得で贅沢である。

「熱くなってきたね」

と言って、夏芽は額の汗を拭(ぬぐ)った。

「唐辛子が効いて身体が温まってきたんですよ。これを食べるだけで風邪の予防になります。夏芽さんは風邪を引きやすい体質だと思いますから」

夏芽からは一度もその話をしたことがないのに、稔はあたかも昔から知っているような口ぶりで話す。

初めて会った日に体調を見抜かれたときは本当に驚いたものだが、今ではもうそれを自然と受け入れられるようになっていた。

「そうなの。一度風邪を引くとなかなか治らなくて」

夏芽は苦笑しながら箸で鍋からレンコンを取り出し、自分の器に入れる。

「風邪は引く前に対処するのが一番です。栄養を摂って、風邪を引きにくい体質にしましょう」

稔の言葉に夏芽は笑顔でうなずき、たっぷりたれを絡ませたレンコンをさくっとかじった。

鍋のとなりには耐熱ガラスのポットに入った茉莉花茶（ジャスミン）が華やかに咲いている。

少しぬるめのそのお茶は、ほどよく身体に沁み込んだ。

穏やかで温かい時間はあっという間に過ぎていった。


ふっくらとした白い月が夜空にぽっかり浮かんでいる。

満月にはもう少し時間がかかりそうで、わずかに欠けた状態だが、十分に明るく照らしてくれる。

夜も深まってくると、いっそう空気は冷たくなり、吐く息の白さが際立ってくる。

鍋で温まった夏芽の身体は、いつもより外気温に抵抗する力があるように思えた。

ただ、首もとは少しひやりとする。

「夏芽さん、すっかり遅くなってしまってすみません」

稔は店の扉に鍵をかけて、いつものように自転車のハンドルを握って押す。

「私こそ、長居しちゃって……」

稔はふと自転車を止めて、おもむろに自分のマフラーを取り、夏芽の首にふわりと巻きつけた。

突然のことで夏芽は驚き、目を丸くして稔を見つめた。

稔はまったく気にする素振りもなく、マフラーをしっかり巻いて、絡みついた夏芽の髪を丁寧にほぐす。

何気ないことなのに、夏芽は変に意識して頬が熱くなった。

「夏芽さんのマフラーでは寒いでしょう。使ってください」

純粋な気遣いが、夏芽の心を震わせる。

勘違いしそうになってしまう。

「でも、稔くんは？」

訊ねると稔はへへっと笑った。

「僕は血行がいいので寒くないんです」

「そっか、ありがとう」

ひとつひとつの稔の言動は夏芽の身体のことを思ってのことだとわかっている。

それなのに、なぜだか妙に意識してしまう自分が夏芽は恥ずかしかった。

マフラーは草木の香りと店の匂いが混じったような、独特でなつかしい感じがする。

暖かいし、ほっとする。

夏芽はマフラーをぎゅっと握った。

じんじんと心の奥が沁みるのは、優しさに触れたからというよりは、どこからともなく生じる切なさのせいだと、夏芽は気づき始めている。

「稔くんのような体質になれたらいいのにね。無理かな？」

「そんなことないですよ。僕も昔はそれほど丈夫ではなかったんです。おじいさんのおかげで健康になれました」

「そっか。じゃあ、ここにいたら変われるかな」

「はい、もちろん」

　稔が笑顔で答えた。

【かおりぎ】に来てから、夏芽にとってはもう十分すぎるほどの変化があった。それでももっと、変わりたいと思っている。

「僕は夏芽さんの体質が変わっていくことを、そばで見守ることができて嬉しいなと思います」

「え？」

　夏芽が目を丸くしていると、稔は少し恥ずかしそうにうつむきながら言った。

「最初に会ったときの夏芽さんは、本当に心配になるくらい弱っていました」

　夏芽が驚いて黙っていると、稔は慌てて補足した。

「ああ、あの……決して悪く言うつもりはなくて」

「うん、わかってる。あの頃は本当に参っていたの。心身ともに疲れきっていたというか」

稔はわずかに微笑んで、はあっと白い息を吐いた。

「わかります。だから、夏芽さんを店に招いたときに、この人を元気にしようって思いが最初にありました」

「え？　そこまで考えてくれたの？」

「はい。僕はあの店でおじいさんを手伝って、いろんなことを抱えている人を見てきました。だから、弱っている夏芽さんを少しでも救ってあげたいと思ったんです」

稔は自転車を押しながら、まっすぐ坂道の向こうを見つめている。

夏芽はそっと顔を傾けて、稔の表情をうかがった。

寒さのせいか彼の頬は赤くなっている。けれど、寒さに震えて姿勢が悪くなりがちな夏芽とは違って、稔はしっかりと背筋を伸ばして立っている。

夏芽は頬をほころばせて、口角をきゅっと上げた。

「ありがとう。本当に私は救われたよ」

「そうですか。よかった」

「うん。そう……」

続きをどう言えばいいか、迷った。

初めて会ったとき、稔の言動に救われたし、それは今もそうだ。

彼の行動はただの親切心からくるものだとわかっている。

けれど毎日店に通うようになって、そこがいつの間にか自分の居場所になっていて、それから稔と会うことが当たり前になった。

稔は夏芽の身体よりも心を大きく変えている。

それは喜びでもあるけれど、少し怖い部分でもある。

それ以上踏み込んでもいいものか、少し怖い部分でもある、躊躇してしまう。

「だけど、少し怖いかも。変わることって大事だと思うけど、何が起こるかわからないもん」

その先の未来が必ず思い描いた通りなら、きっと戸惑うことなどないのだろうけれど。

今の夏芽は自分の気持ちに気づき始めている。

未来を知りたいけれど、知りたくない。気持ちの糸が絡まって、うまくほぐれてくれない。そんな複雑な気分である。

「変化のない人生はありません。僕は渚沙とは違ってあまり新しいことに挑戦する気にはなれないですが、それでも変化を受け入れることはそれほど怖くないんです」

稔の言葉に、夏芽は少し物憂げな気持ちになる。

彼がどのような気持ちでそう言ったのか、夏芽にはわからない。

稔は年下でまだ学生なのに、夏芽よりもずいぶん大人びて見える。

「もしそれが、自分にとってつらいことでも？」

願いが叶わなかったり、思いが通じなくても？

そんなことを夏芽は心に秘めて訊く。

「だって物事には始まりがあって終わりがありますから。つらいことも、いつまでも続かないでしょう。つらいときこそ、この先はそれよりいいことしかないって思える。だから、頑張れるのかなと思います」

夏芽は呆気にとられて稔を見つめた。

稔は夏芽に笑顔を向ける。

「夏芽さん、うちの店に来てすごく明るくなりました。初めて会ったときよりずっと生き生きしてて、体調もよさそうです」

夏芽はきゅっと唇を引き結んだ。

胸の奥がじんとして、熱くて、泣きたくなるくらい震える。

それを稔は少し勘違いしたのか、複雑な表情になり、まるで夏芽に詫びるように言った。

「まだ社会人にもなっていないのに、偉そうなことを言いました」

「ううん、関係ないよ。稔くんは本当に芯があってしっかりしているなっていつも思う」

「そんなことないですよ。いろいろ迷ったり悩んだり、なかなか前に進めないことっていっぱいあります。でも、投げやりになることは、あまりないかもしれません」

稔は頭をかきながら苦笑して言う。

「もしかしたら、まだ本当の苦労を知っていないのかもしれませんね」

稔はまた「偉そうですみません」と謝った。

夏芽は口もとに笑みを浮かべて、小さく首を横に振る。

「それでも、私よりずっと気持ちの切り替え方を知ってる。だから、稔くんといると安心するのかな」

「そうですか？　基本的に前向きな性格だからでしょうか」

えへへと笑ってみせる稔を見て、夏芽は胸が高鳴った。

「うん。ずっと稔くんと一緒にいたら、人生楽しいだろうなって思う」

「はい。よかったらこれからも……」

稔は途中で言葉に詰まった。

それから急に目をそらし、何かを考え込んで、ふたたび夏芽に顔を向けた。

「えっと、これからもしばらくうちで働いてくれると、いろいろ健康のアドバイスなんかもできると、思います」

「……うん、そうだね」

それっきり、お互いに黙ってしまった。

稔は会話が不自然になってしまったことに気づいたのだろう。それ以上何も言わない。

夏芽も何をどう話せばいいのか、わからなくなった。

あたりはやけに静かだ。

自転車の車輪が動くわずかな音とふたりの足音、それに遠くで車が走り去っていく音の他には、何もないくらいの静けさ。

そして、風が耳をかすめていくかすかな音。

だから余計に胸の鼓動がうるさくて、そんな自分が面映ゆい。

いつもと同じ帰り道。いつもと同じ稔との会話。

今夜はほんの少しだけ違う。

まるでこの先にふたり一緒の未来が続いていくようなやりとりだ。

けれど、それ以上会話は続かなかった。

稔が巻いてくれたマフラーは暖かくて、暑いくらいで、夏芽はそれをぎゅっと握りしめた。

駅に到着すると、ちょうど電車が出たあとだったらしく改札から乗客が流れてきた。

しばらくそれを見送って、落ち着いたところで夏芽は振り返り、稔に笑顔を向けた。

「今日はご馳走さまでした。本当に美味しかった。ありがとう」

「いいえ。また、いつでも……」

稔は照れくさそうに頬を赤らめ、うつむいた。

少しの沈黙が、やけに長く感じるのは妙に意識しすぎているからだ。

それは夏芽だけではないようだった。稔もいつもならすぐに「じゃあ、また」と笑顔で別れの挨拶をしてくれるのに、今夜はそうではない。

稔はぐっと何かを堪えているような、切なげな表情をしている。

その様子に夏芽はわずかに狼狽えた。

「稔くん？」

「あの……前からずっと言いたかったことが、あります」

稔は顔を上げてはっきりと、夏芽の目を見て言った。

「うん、何？」

夏芽は遠慮がちに訊ねる。

すると、稔は思いもよらないことを口にした。

「お見合い話のことですが！」

「え……？」

なぜ急にその話が出てくるのか、夏芽は戸惑い絶句した。

そしてふたたび鼓動が速まり、同時に疑問が膨れ上がる。

まるで絡まった糸がさらに複雑になっていくようだ。

「稔くん、あの……」

「僕は、夏芽さんのお父さまが言っていたお見合い話、あってもいいと思っています」

稔は今までに見たこともないほど真っ赤な顔で、勢いにまかせるようにそう言った。

夏芽はあまりにも驚いて目を見開き、稔の顔をじっと見つめる。

お見合い話と稔が口にした瞬間は、もしや彼にそのような話でもあるのかと軽く衝撃を受けたものの、夏芽の父が言ったことだとわかると、それが自分に向けられたものだと自覚した。

そういえば、夏芽は父から見合いの話を持ち出されたから、わざわざ稔に会いにきたのだ。それがきっかけだったのだ。

しかし、稔はそのことを知らなかった。

勘違いだった、はずなのに。

見合いの話があってもいい。

それは、稔にその気があるということだ。

夏芽との未来を考えた見合い話。都合のいい解釈だとそうなるけれど、夏芽は少々信じられない気持ちで黙った。

ただ、速まる鼓動は容赦なく頭に響く。

しばらく、ふたりのあいだに沈黙があった。

周囲は家路を急ぐ人たちが行き交っている。

駅のアナウンス、風が吹いて揺れる看板、転がる空き缶、誰かの笑い声。

そんな雑多な音がまるでどこか遠くで響いているように、自分たちとは別世界の音のように夏芽は感じた。

なんと返事をすべきか考える。

そうしていたら、駅のアナウンスがあった。

稔がそれに気づいて、話題を変える。

「電車が来ますね。今日もお疲れさまでした。気をつけて帰ってください」

「……うん」

「それじゃあ……」

稔はぺこりとお辞儀をしたあと、くるりと背中を向けて自転車を押した。

「あ、マフラー」

夏芽は稔が巻いてくれたマフラーを返そうと声を上げたが、彼は背中を向けたまま返事をした。

「それ、夏芽さんにお貸しします。冬のあいだ使ってください」

夏芽は何か言いたかったが、返せなかった。

稔は行ってしまったのだ。

いつもなら、彼は夏芽が改札に入ってホームへ移動するまでずっと手を振って見送ってくれるのに、今日はさっさと帰ってしまった。

胸が痛い。

なぜ、こんな痛みを感じるのか、一体何に対する痛みなのか。

考えると混乱してしまう。

夏芽は小さなため息をついて改札を抜け、ホームへ向かった。

ふと気になって背後を振り返ると、視線の先に驚きの光景があった。

改札口から離れた場所で稔がこちらを向いて立っていたのだ。

「やっぱり、いてくれた」

夏芽の頬がほころび、口もとが緩んだ。

稔はいつも通り、夏芽に手を振って見送ってくれる。

夏芽は急激に頬が熱くなり、苦しいくらいの胸の痛みに襲われた。

これは、とてもよく知っている。

昔、初恋の人に感じた、ぎゅっと締めつけられるような心地よくて幸せな痛みだ。

夏芽は電車に揺られながら、うつむいたまま、ぎゅっと両手を握りしめた。手のひらに軽く汗が滲んで、ひやりとする。それでも身体は熱くて燃えるほどだった。

鍋を食べたことだけが理由ではない。それは夏芽自身が一番わかっていることだ。

いつものようにゆるりと夜景を楽しむ余裕は、今の夏芽にはまったくなかった。

心地よい揺れにまどろんで、いつの間にか夢に落ちるような兆(きざ)しも今はない。

カタン、カタンと電車の揺れる音に合わせて、どくん、どくんと鼓動が鳴った。

停車駅に止まるたびに、開いたドアから冷たい風が入り込んで、いつもならそれで足が冷えるのに、今夜はとても暑かった。

扉が閉まるとふたたび暖かい空気が漂う。

今の夏芽には熱いくらいのもわっとした感覚だ。

マフラーを取ってしまってもいいくらいだった。

だから夏芽は無意識にマフラーをほどこうとしたが、稔の顔を思い浮かべて手が止まった。

マフラーを巻いてくれた稔の指先が髪に触れたときの感触を思い出して、夏芽はふたたび赤面した。

背もたれに寄りかかってうつむくと、大きなマフラーが夏芽の口だけでなく鼻まで包み込んだ。

【かおりぎ】と稔の匂いがする。
認めてしまったらきっと、あと戻りができなくなる。
そうは思っても、この感情はどうすることもできなかった。
なつかしくて、愛おしい匂いがする。
「やばい……好きだ」
胸がぎゅっと締めつけられる。
さっき別れたばかりなのに、早く明日が来てほしいと思う。
早く、また会いたい。
夏芽は真っ赤な顔を誰にも悟られないように、稔のマフラーに顔をうずめた。
今夜の帰り道はやけに長い。
夏芽は目を閉じて、この芽生えた気持ちをじっくりと味わった。
電車を降りるとひやりとした。
ひゅっと冷たい風が火照った夏芽の頬を刺す。
見上げると月が、さらに丸くなった気がした。

第四章

店の戸を開けると、師走の風が冷たく肌に刺さる。

その一瞬で身体が縮こまり、夏芽は両手をすり合わせた。

目の前をひらりと舞い落ちるのは、焦げた色に染まったくしゃくしゃの葉だ。

視線を遠くへやると、どんより雲に覆われた空に、葉を落とした幹や枝が突き上げるように広がっている。

【かおりぎ】の庭は殺風景になっていた。

秋に咲いた金木犀や赤く色づいた木々は色を落とし、今は灰色の世界である。

その中で、しっかりと青くそびえ立つ大きな樹木があった。

庭の隅に、普段は脇役のようにひっそりと立っているそれは、もみの木である。そこだけ緑が映えていて、グレーに染まる庭の中で唯一鮮やかに見える。

脚立にのぼった老齢の男がぱちんぱちんと剪定（せんてい）をしている。枝が伸び放題でいびつになっていたもみの木は、だんだんすっきりしてそれなりの形になった。

「三枝さん、お疲れさまです。お茶を用意しているので休憩されませんか？」

夏芽が声をかけると、男は振り向いてにっこりと笑った。

「やあ、ありがとう。一区切りついたら店に入るよ」

「ずいぶん、すっきりしましたね」

「ああ、そうだな。今年の剪定は遅くなったが、クリスマスには間に合いそうだ」

「楽しみです」

夏芽はにっこり笑った。

毎年もみの木に飾りつけをしているらしく、冬の【かおりぎ】はまた違った顔を見せるようだ。

夏芽はそれが楽しみでたまらない。

今年のクリスマスは、ここで過ごすことになるから。

植木屋の三枝は麻沙子の祖父である。

店主の誠司が医者だったときからの付き合いで、長年この店の植木の剪定をしてきた。

つまりオープン当初からずっとこの店を見守ってきた人物なのだ。

店に入った三枝は熱い黒豆ごぼう茶を飲みながら、気さくに話しかけてきた。

「夏芽さん、この店に来てどれくらい経つんだい？」

「二カ月ほどです」

「そうか。もっと長くいるような気がするね」

「ずいぶん慣れましたから。常連さんの顔も覚えました」

「それは嬉しいね」

三枝は週三回の頻度でこの店に顔を出している。誠司がいるときは店の奥で話をして帰るが、そうでないときは店で今日のように黒豆ごぼう茶を飲んで帰る。だいたいは客が少ない時間帯に来店するので、こうしてゆっくり話をすることができる。

この店の常連客はまるで自分の家にいるように、ゆったりとくつろいでいる。ひとりでお茶を飲んでいても、だいたい見知った客が訪れるので、彼らは友人知人が元気にしているかまめに確認することができる。

たとえば二日置きに店を訪れていた客を一週間も見なければ、気になってしまう。まるで、【かおりぎ】はひとつの家族のようで、いつの間にか夏芽にとっては自分の家よりも安心できる場所になっていた。

「しかし、この店もあか抜けたなあ。夏芽さんのおかげだよ」

「いいえ、そんな……」

「このメニュー、麻沙子が書いたやつは何かつまらんものだったが、今は洒落(しゃれ)たものだ」

三枝はメニューの表と裏を交互にひっくり返しながら言った。

夏芽はどう返したらいいのかわからず、ただ苦笑する。

たしかに文字で品名を書いただけだったメニューが今は夏芽のイラスト入りで華やかになった。

「表の看板も毎日変えているんだろう？　大変じゃないかい？」

「好きなことをさせてもらっているだけなので、苦ではないです」

「夏芽さんはプロなんだろう？　誠ちゃんから聞いたよ」

その言葉に、夏芽はどきりとした。

もうイラストの仕事など一切していないので、プロと呼べるものではない。

けれど、そのことをわざわざ伝えるのは、なんだか自分の心を殺すような気がした。

だから、夏芽は当たり障りのない返答をする。

「今はあまり請け負っていないんです。ここのお仕事が楽しくて」

「ははっ、そうかい。そう言ってくれれば誠ちゃんも喜ぶだろうよ」

笑顔でそう話す三枝に、夏芽も笑顔で返す。

嘘をつきたいわけじゃない。

見栄（みえ）を張りたいという気持ちでもない。

ただ、夏芽はイラストレーターであった自分をまだ捨てられないのだ。

「さて。帰るとするか。今夜はひ孫たちを連れてメシを食いに行くんでな」

三枝はそう言ってゆっくりと立ち上がった。

麻沙子が子どもたちを連れて来るのだろう。

「お食事、楽しんでくださいね」

「うるさいだけさ」

そう言って背中を向けて手を振る三枝の声は、やけに嬉しそうに弾(はず)んでいた。

夏芽は彼を見送ると、客の少なくなった店内を見まわした。

そして、食器を片付けてからテーブルを拭いていると、大学から帰ってきた稔が顔を出した。

「お疲れさまです、夏芽さん。代わりますので休憩どうぞ」

「稔くん、お疲れさま。じゃあ、これを片付けたら」

「それは僕がやりますから……」

稔が手を伸ばしたとき、ちょうど指先が夏芽の手に触れた。すると、稔は瞬時に手を引っ込めてうつむいた。

その仕草に、今まで思い出さないようにしていた記憶が呼び起こされ、夏芽は急に頬が熱くなるのを感じた。

そういえば、このあいだ稔に告白されたようなものだった。

どう反応すればいいかわからず、夏芽は困った。

それは稔も同じようで、急に話し方がたどたどしくなる。

「すみ、ません……えっと」

「お会計お願いします」

女性の声がして、夏芽と稔は同時にそちらへ目をやった。

客がレジの前で待っていたのだった。

「じゃあ、僕が行きますね」

稔は明るくそう言って、すぐに客のところへ向かった。

夏芽はしばらく稔の姿を見つめた。

稔はレジ打ちをしながら客に笑顔で話しかける。

客も稔の気さくな様子に安堵したのか、楽しそうに話している。

稔の親しみやすい性格は、誰もが笑顔になれるし気楽に会話をする気にさせる。

おそらく大学でも、こんなふうに多くの仲間たちと接していることだろう。

その中には当然、女性も含まれる。

夏芽は少し胸の奥がちりっとした。渚沙に初めて会ったときみたいな、複雑な気持ちだった。

初めて父に見合い話をされたとき、自分はなんと言っていたか。

『私みたいなおばさんじゃかわいそうだよ』

あのときは何も考えず口にしたセリフだが、今となってはずっしり重い。

キッチンで水道の蛇口をひねると、生ぬるくて肌にちょうどいい温度の湯が出てきた。

ハンドソープで手を洗い、それからスポンジに食器用洗剤をつけて汚れた皿を洗う。泡のついた湯がシンクに流れ、もわっと湯気が立ちのぼる。

夏芽が顔を上げてちらりと店のほうへ目をやると、稔が客を見送っているところだった。

意識してはいけないと思うと余計に、意識しすぎてしまう。

稔が過剰反応をするからだ。

以前は夏芽の手に触れても平然としていたというのに、今は違う。

そして、それは夏芽も同じこと。

いや、もっと前から心の底で意識していたことを自覚している。

その線を越えないようにしていたつもりが、彼の優しさに触れるうちに、夏芽の本能が耐えられなくなったのだろう。

しかも、その抜群のタイミングで稔は夏芽が一番ほしい言葉を言い放ったのだから。

『お見合い話、あってもいいと思っています』

何とは聞かずとも、夏芽との見合い話だ。

あの瞬間の戸惑いとともに込み上げてきた喜びを、夏芽はどう言葉にすべきかわからなかった。

あれっきり、稔は何も言ってこない。それどころか妙によそよそしい態度をする。

自分からあの話の続きをするべきか、夏芽は悩んだが、いつも通り店の仕事をしていたらタイミングを逃してしまった。

そして、今日もその話に触れることはできないだろう。

ふたりきりで話す機会があればいいのだが、少し勇気が出なかった。

自分はどうしたいのか。稔とどうなりたいのか。

本当に三つ上の自分でいいのか。

結局あの日の話をすることなく、今日も仕事を終えることになる。

麻沙子のいない日は早出になるので夕方に終わる。そうなると、稔と顔を合わせるのはほんの少しだ。

連絡先を交換しているが、電話やメッセージで話すような気軽な内容でもない。

「お先に失礼します」

勤務時間が過ぎた夏芽は店の奥から店内に向かって挨拶をした。

すると、稔が慌てて出てきて「夏芽さん」と叫んだ。

頬を赤らめて必死の形相（ぎょうそう）で夏芽を見つめる稔。その様子に夏芽はどきりと胸が高鳴った。

あの話をするのだろうか。

だがしかし、稔が話題にしたのは別のことだった。

「今年最後の料理教室があります。日にちは来週の日曜日です。手伝って、いただけますか？」

稔が以前口にしていた薬膳カレーのことを思い出す。

誠司の体調がよくなったので、しばらく休止していた料理教室を再開するのだろう。

最初は客として夏芽を誘っていた稔は、今回店側として参加してほしいと言ってきた。

夏芽に断る理由などない。

「もちろん。私はもうここのスタッフだから、しっかり働くよ」

「ありがとうございます。じゃあ、また来週お願いします。お疲れさまでした！」

稔はそう言ってぺこりとお辞儀をしてから、すぐさま店内に戻ってしまった。

あのときのこと、話さないんだ。と夏芽は少々がっかりした。

もしかして夢だったのかな、とさえ思ってしまう。

稔は客と会話中だったのだろう。すぐに話に戻って笑顔で接していた。その手には薬膳の本があるので、もしかしたら客に説明をしているのかもしれない。

その客の体質を知り、オススメの品を提供しながら他愛ない話をする。

彼が夏芽にしてくれたことと同じ。

あれは特別なことじゃない。彼は誰にでも同じように接する。

夏芽はしばらく稔の後ろ姿を見つめていたが、やがて静かに店を出た。

焦げついたようなしわしわの葉がひらりと落ちる。

帰り支度をした夏芽は稔のマフラーを首に巻いて、日が落ちた坂道をひとり下った。

やけに寂しく感じるのは、稔が送ってくれることに慣れてしまったからだろうか。

彼も忙しいのに、夏芽が閉店まで勤務すると必ず送ってくれる。

さすがに申し訳ないので夏芽は何度か断ったが、彼は自分がそうしたいから大丈夫だと言った。

迷惑ですかと訊かれたこともある。しかし、迷惑なわけがなかった。

夏芽だって、稔と少しでも一緒にいたいのだから。

坂道の桜の木は完全に葉を落とし、無数の枝が寒空に向かって広がっている。

夏芽には、その光景はまるで何かに抗(あらが)っているように見えた。

平日の稔と会えないあいだ、夏芽は誠司と麻沙子とともに料理教室の準備を進めたり、庭にあるもみの木に飾りつけをしたりした。

ボールやベルやキャンドルなどのオーナメントを飾り、ツリーの頂点に星を取りつける。

「クリスマスツリーなんて久しぶりです」

「そっかあ。うちは毎年出してるから」

麻沙子は毎年子どもたちのために準備しているのだろう。しかし家庭にあるクリスマスツリーと庭にある実際の木ではあまりに異なるというのに、麻沙子の手際は非常によく、夏芽は教えてもらいながらスムーズに飾りつけをおこなうことができた。

「夜にライトを点灯するとすっごく綺麗よ」

「わー、楽しみですね」

「こんな大きなツリー、家では見られないもの」

「ほんとに」

飾りつけを終えてもう一度もみの木を見上げると、子どもの頃のようにわくわくした気持ちになった。

店に戻ると、客が来ていて誠司が対応していた。

夏芽は慌てて接客に戻るも、誠司が呼び止めた。

「夏芽さんに話があるそうだ。私は店のことは了承したから、あとは夏芽さんが直接話してほしい」

　誠司が席を立つと、客の男もすぐに立った。ただし、客は誠司ではなく夏芽を見ている。

なんのことか話が見えず困惑する夏芽に、男は丁寧に頭を下げた。

　夏芽は遠慮がちに会釈をする。

「はじめまして。あなたがメニューや看板のイラストを描いている方ですか？」

「え？　あ、はい。私です」

「僕はこういう者です」

　男は名刺を差し出し、夏芽はそれを受けとった。

　ふたりが向かい合ってテーブル席に座ると、麻沙子がコーヒーを持って来た。

　麻沙子は興味深そうに夏芽の様子をうかがいながら、キッチンへと戻っていく。

　夏芽は名刺に書いてあることを口にした。

「きぬはり編集部？」

「はい。僕は地元の情報誌『きぬはり』の編集をしている木村と言います。あなたにうちの雑誌でイラストを描いていただけないかと思っています」

　夏芽は驚き、自分の耳を疑った。

『きぬはり』という雑誌は夏芽も知っている。

地元のカフェやレストラン、観光地などを特集していて、若い女性から年配まで広い読者層の、この近辺では有名な雑誌である。

その雑誌でイラストを描いてほしいなど、夏芽には想像もできないことだった。

「実はこのお店を紹介する企画があります。若い女性のモデルを起用して、町を歩きながら隠れ家のような店をまわるという特集です。あなたには、その特集をメインにイラストを手がけていただきたいのです。もしよければ、その特集号の雑誌全体のイラストも……」

夏芽は途中から木村の説明が頭に入ってこなくなった。冷静さを失ったまま話が進んでいき、夏芽の頭は混乱している。緊張のせいか、どくどくと鼓動が鳴り続ける。

夏芽は彼の話が途切れたところで質問を投げかけた。

「あの、どうして私なんですか？　プロのイラストレーターの方に頼まれたほうがいいのでは？」

「このお店の看板は毎日イラストが変わるんですよね。実はそれが話題になっているんです。SNSは見られていますか？」

夏芽はどきりとして額から汗が滲み出た。

「いいえ……やっていないので」

夏芽はイラストの仕事を失ってからSNSを見ていないし、アカウントにログインさえしていない。あの頃はフォロワーの活躍が目に入ってしまうのもつらい時期だったから、そのままSNSから遠のいてしまっていた。

「今、若い女性のあいだで話題になっているんですよ。注文の品と一緒にその日の看板のイラストをSNSにアップする方が多いんです」

「それは、知りませんでした」

常連客が看板のイラストのことを褒めてくれることはあっても、その他の客は当たり前だが何も言わずに帰っていく。

特に何か反響を求めて描いているわけではなく、単純に夏芽がそれを楽しんでいるというのもあって、まったく気にすることはなかったのだ。

木村はあくまで事務的に淡々と話す。

「もちろん、きちんと報酬をお支払いします。まずはモデルさんを見ていただいて、散策コースとなる場所のチェックと、イラストを入れる箇所など、今後お時間のあるときに打ち合わせをしていきたいと思います」

一体何が起こっているのか、夏芽は混乱してうまく話が頭に入ってこないでいる。

頭の中はどうして自分が、という思いでいっぱいなのだ。

いくら話題になっているとしても、作家名さえ知られていない素人同然の絵師だから。

「あの、でも……か、考えさせていただいても、よろしいでしょうか?」

あまりにも慌てて返答したので、声がうわずってしまった。

木村はとても丁寧に、そして穏やかな口調で返答する。

「前向きにご検討いただきたいと思います。お早目にお返事をいただけると助かります」

「はい、なるべく早く返答します」

木村はコーヒーを飲むと席を立った。夏芽も慌てて立ち上がる。

彼がレジの前に立つと誠司が店の奥から声をかけた。

「お代は結構だよ。サービスだ」

「いいえ。今日は仕事で来ているので」

そう返した木村は表情を緩めてわずかに笑みを浮かべた。

「とても美味しかったので、また個人的に訪れたいと思います」

レジを担当した麻沙子が「領収書はいりますか?」と訊ねると、木村は「お願いします」と答えた。

木村を見送ってから、彼の姿が見えなくなっても、夏芽は店の入口に立ったまま、放心状態だった。

足が、小刻みに震えていた。

「こんなことってあるんだ」

夏芽はひとり呟いた。

夏芽から話を聞いた麻沙子はさっそく自身のSNSでこの店のことを検索した。いつも育児関連の情報しか得ていないらしく、彼女も夏芽のイラストが話題になっていることを知らなかった。

この店のカフェメニューと看板のイラストが【かおりぎ】のハッシュタグとともにアップされている。

ここまで話題になっているとは思ってもいなかったので、夏芽は心底驚いた。

同時に、自分のイラストが認められている気がして、心の底からじわじわと喜びが湧いてきた。

「すごいじゃない、夏芽ちゃん。雑誌が出たらあたし買っちゃおう」

「あの、まだ引き受けると決めたわけじゃないので」

「あ、そっか。急だからびっくりするよね。うん、よく考えて返事するといいわ。でも、あたしは楽しみだよ」

「ありがとうございます」

夏芽は複雑な気分だった。

今までずっと待ち焦がれていたイラストの依頼だ。嬉しくないわけがない。

それでも、素直に喜べなかった。

地元の雑誌とはいえ、都心を含む関東圏で発売され、不特定多数の人々の目に触れることになる。

売れなかったこと、認められなかったことが、夏芽の心にずっと引っかかっている。

その後に何度挑戦してもうまくいかず、だんだんと気持ちが沈んでいって、いつの間にか視界がぼんやりグレーの色に染まっていた。

夏芽の創作仲間たちはどんどん成功していった。そして、自分だけ置き去りにされてしまった。心が削(けず)られてしまった。

そんな中で家族も恋人も励ましの言葉をくれるわけではなく、現実を見ろと厳しい言葉を投げつけた。そんなことがあってから、夏芽はようやく自分には才能がないのだと気づいた。

この店で描いているイラストは趣味だから気軽にできる。

しかし金銭をともなうようになれば話は別だ。周囲はプロとして判断し、当然見る目も厳しくなる。

夏芽には自信がなかった。

その夜、大学から帰ってきた稔にイラストの件を話すと、彼は予想通りの反応を見せた。

「やったじゃないですか、夏芽さん！　うちの店と夏芽さんの絵が同時に掲載されるなんて夢みたいです。すごく嬉しいです」

稔の素直でまっすぐな笑顔と言葉が夏芽は心から嬉しかった。

それなのに、少しばかり胸の奥がずきりと痛んだ。

こんな気持ちで引き受けていいのか悩んでいる。本当は自信がなくて断りたいと思っている。

そんなネガティブな感情を表に出したら、稔はどんな反応をするだろうか。がっかりさせてしまうだろうか。

複雑な気持ちでどう返せばいいか迷っていると、稔が首を傾げて夏芽の顔をうかがった。

「どうしたんですか？　夏芽さん」

「うん……実は、正直あまり気乗りしないというか」

「え？　どうしてですか？　あ、他にイラストの仕事がたくさんあって引き受けられないとか？」

「違うの……」

稔は夏芽が絵の仕事を再開したと思い込んでいて、夏芽もそれを否定していない。

るのだろう。

彼は、夏芽の本業がイラストレーターで、この店の仕事は副業に過ぎないと思ってい

しかし真実を言う勇気もなく、夏芽が言葉に詰まっているあいだに稔が先に言った。

「僕は、夏芽さんにぜひ、このお仕事をしていただきたいです。本当に忙しくて無理なら仕方ないですが、僕はこの店と夏芽さんの絵のコラボ、すごく素敵だと思います」

稔の正直な気持ちに、夏芽は胸が熱くなり、涙があふれそうになった。

ところが、ふたりの話を聞いていた誠司がひょっこり出てきて、真面目な顔をして稔に声をかけた。

「稔、これは夏芽さんに来た依頼だ。決めるのは夏芽さんであって、お前が押しつけるもんじゃないよ」

穏やかな口調でありながら、力強い誠司の声音に、稔は我に返ったように夏芽に困惑の表情を向けた。

「すみません、夏芽さん。あまりに嬉しくてつい……」

「ううん、いいよ。そう言ってもらえて私も嬉しい。だけど、やっぱりまだスランプから抜け出せなくて……」

これ以上口にすると本当に泣きそうだったので、夏芽は黙った。

稔はそれを察したのか、これ以上この話を続けることはなかった。

店の外に出ると、昼間に飾りつけをしたもみの木が、いくつもの電飾できらきら輝いていた。

冬の【かおりぎ】だ。

殺風景なのに、夜になると黄金色に輝いて、幻想的な空間になる。

夏芽は庭を眺めながら頭の中で絵を描いた。どんなふうに色をつけていったらこんなふうに輝いて見えるのか、想像上では勝手に手が動く。

それなのに、どうして描けないのだろう。

夏芽の頭の中はどんどんきらめく色が増えていく。

どうすればスランプの壁を突破できるのか、今の夏芽にはわからなかった。

平日の夕方に渚沙が店を訪れた。

彼女はここ数日根(こん)を詰めて勉強しており、ようやく少し休む時間を作ってやって来たと話す。

そういえば稔も最近忙しいそうで、あれ以来夏芽は彼と顔を合わせていない。

稔はあのあと、励ましのメッセージを送ってくれたし、夏芽も礼の返事をした。なんら気まずいことはないのだが、やはり文字のやりとりと顔を見て話すのでは違う。

「夏芽ちゃん、麻沙ちゃんから聞いたよー。雑誌に載るんだって？」

渚沙は前と同じカウンターテーブルで、今日は黒豆ごぼう茶を飲んでいた。

ごぼうを皮ごと細かく刻んで天日干ししてから、フライパンで乾煎り（からい）する。出来上がったものに炒った黒豆を合わせて湯を注ぐ。以前に麻沙子から教わって、今回は夏芽が自分で作ってみた。

「私が載るわけじゃないの。挿絵（さしえ）の依頼が来ていて」

夏芽はもうひとつ、別の客のために黒豆ごぼう茶を淹れた。

「そうなんだ。夏芽ちゃん、絵が描けるの？　すごい。あたしなんてねずみの絵も描けないよ」

そう言って渚沙はカウンターテーブルにあるメモとペンを使ってねずみの絵を描き始めた。

夏芽は客に黒豆ごぼう茶を持って行き、戻ってきたときに渚沙から絵を見せられた。

猫かねずみか判断できないが、それなりに可愛らしい。

「可愛いよ」

夏芽がふふっと笑うと渚沙は眉根を寄せた。

「下手って言ってもいいよ」

「個性がある」

「それ褒めてるの？」

「そうだよ。個性は大事」

「そっか。ありがと」

渚沙は笑って今度は花の絵を描いた。頬杖をついてメッセージアプリのスタンプみたいな花の絵を描いていく。

夏芽はその絵に色をつけて本当にスタンプにしたら面白いだろうなと思った。少し線が震えている感じも、味わいがあっていいし、パステルカラーにすれば会話文の中で映えるだろう。

やはり、こういうことを考えていると楽しくて、そんな自分に安堵する。

まだ、完全に絵を描くことを諦めていないのだと。

「ねえ、この店の看板やメニューも夏芽ちゃんが描いてるの？」

「そうだよ」

「知らなかった。可愛いメニューだなって思ってたの」

「ありがとう」

渚沙は今月のメニュー表を見て、笑顔で話す。

「で、麻沙ちゃんにＳＮＳのことを聞いて検索したら、結構出てくるんだよね。このお店と夏芽ちゃんの絵」

渚沙はスマホをスクロールさせながら、次々と画面を夏芽に見せた。夏芽も教えてもらってから自分で検索してみたが、思ったより載せてくれていたことに驚いた。

「ありがたいね。こんなに褒めてくれる人がいて」

本心からそう思える。

ＳＮＳに載せている人はこの店の誰が描いたのかは知らない。けれど、自分のイラストを誰かが可愛いと言ってくれたり、素敵と言ってくれることは嬉しくて、心が救われる。

「ねえ。夏芽ちゃんの絵って、【かおりぎ】みたい」

「え？」

夏芽は驚いて目を丸くした。

渚沙はスマホに目を落としたまま話す。

「なんだろ。すごくなつかしい感じがするの。色使いとか、全体的に見ていてほっとする感じ」

「そう？」

そんなふうに意識して描いたつもりはなく、この描き方が一番好きだからそうしている。

「たぶんね、それが魅力じゃないかな。めっちゃ綺麗な絵とか写真みたいな絵とか、そういうのと違って、この絵の場所に行きたいって自然と思えるんだよ」

　渚沙はカラーで描いた【かおりぎ】の庭の絵をスマホ画面に映し出し、夏芽に見せた。それは夏芽が最初に稔に見せたこの庭の風景だ。誰かが店に飾ってあるこの絵をスマホで撮ってSNSに載せたようだ。

「この絵を見るとほっとする。疲れているときになんとなく、ここに来たいなって気持ちになる感じ」

　つまり、夏芽の絵は都会のモダンなカフェではなく、静かな地にある小さな古いカフェなのだろう。客はそれほど多くない。とびきり有名なわけでもない。ただ、その町の人たちが常連となって訪れてくれる。

　そんな【かおりぎ】のようなイラストなのだと、渚沙は言いたいのだろう。

　夏芽にとっては十分すぎる感想だ。

「【かおりぎ】に似ているなんて、一番嬉しい言葉だよ」

「きっとこの雑誌の編集さんも【かおりぎ】みたいな絵に惹かれたんだよ」

「そうだといいな」

　そういえばあまり詳しく話していない。ただSNSで話題だからという理由しか聞いていなかった。

「楽しみだなあ。もう雑誌の絵は描いてるの？」

「え、ううん……まだ」

引き受けるかどうかさえ決めていないから返答に困ってしまう。

「そっか」

夏芽の歯切れの悪い返答を聞いたからか、渚沙の口調が少し変わった。

「ねえ、夏芽ちゃん。もう仕事終わりだよね？　今日も一緒に帰ろうよ」

夏芽は快く了承し、誠司に引き継ぎをすると渚沙とともに店を出た。

今日も稔とは会えなかった。

駅までの道中、夏芽は渚沙に今の心境を吐露した。

雑誌の依頼はとても嬉しいことなのだが、同時に不安がつきまとうこと。今まで何度も諦めたことがふたたび叶うのにどうしても気持ちが前向きになれないこと。

「気持ちの切り替えがうまくできないの。おかしいよね。ずっと願ってきたことなのに、贅沢な悩みだと思う」

自分の気持ちをきちんと整理して次へ進めるチャンスなのだ。誰もが喜んで引き受けるだろう。それをなぜうじうじしているのか、自分でも情けなくなってくる。

渚沙は笑って大丈夫と言ってくれるだろうと夏芽は思った。なんとかなると明るく吹き飛ばしてくれる気がした。もしかしたら、その言葉をもらって鼓舞してもらいたかったのかもしれない。

けれど、渚沙は意外な反応をした。

「わかる気がする。急に現実味を帯びて怖くなっちゃうんだよね」

夏芽はどきりとした。

渚沙は笑顔で話すも、どこか物憂げな表情をしている。

寒さで鼻がほんのり赤く染まっているのも影響しているかもしれない。

彼女は真面目な口調で、淡々と語る。

「憧れのままのときや、頑張っているときが一番充実しているのかもしれない。それが実際に叶うと責任のほうが大きいもんね」

責任という言葉が、ずっしりと心に響く。

それは不安の原因のひとつなのかもしれない。

好き勝手にしているあいだとは違う状況。周囲を巻き込まない気軽な立場との違いだ。

渚沙はこれから先、命と向かい合うことになる。そうやって生きていく。

夏芽が考えるよりもずっと、重いものを背負っていくのだろう。

「あたしは夏芽ちゃんがうらやましいな」

「私が？」

「そうだよ。あたしは一応目標を持ってやっているつもりだけど、それでも結局親に言われた通りの道を進むことになった。だけど、夏芽ちゃんは何かに影響を受けて憧れて、自分でその道を目指したんだよね。そういうのめぐり合わせって言うのかな。縁とも言うよね」

渚沙はとても落ち着いた口調で、ゆっくり話す。

「そういう目標を自分で見つけることができるってすごいよ」

夏芽はわずかに微笑んで答える。

「だったら、渚沙ちゃんもそうだよ。医者の両親のもとに生まれたのも、稔くんと出会ってお互いに切磋琢磨(せっさたくま)できるのも、すべてめぐり会わせだよね」

「ほんとだ。縁だね」

渚沙はにっこり笑った。

ほの暗い道に車が通りすぎる瞬間だけライトがきらりと光って、ふたたび暗くなる。ふたりで歩いていると、だんだん人の数が増えて賑やかになっていった。すると、視界が開けたみたいに明るい光景が広がった。

「あ、イルミネーションだ」

渚沙は軽い足どりでシャンパンゴールドの中に駆け込んでいく。

夏芽もあとに続き、ふたりで見上げた。

きらめくイルミネーションは、綺麗というよりも切なげだった。いろんな感情が相まって胸の奥がじんっと痛くなる。

夏芽の少し前を歩いていた渚沙は、くるりと振り返って明るく言った。

「あのね。言っておきたいことがあるの」

「うん？」

「あたしと稔は兄妹みたいなものだから」

「え？」

急にそんな話を振られて驚いた。すると渚沙はその理由を口にする。

「この前、稔みたいな男だったらいいのに、なんて言って誤解されていたらいけないなって」

「それは、うん。わかってる」

などと格好つけて言ってみた。実はずっと気になっていたなどと口には出さない。

渚沙がどのような意図でそれを言ったのかわからない。ただ単にあれは本心ではないということを伝えたかっただけなのかもしれない。

だが、少なからず、夏芽は安堵している。

「稔は他人の身体のことや言動とかは敏感に察するのに、そういうことは奥手なんだよね」

渚沙がやれやれといった感じで肩をすくめた。

「でも、人の話はちゃんと聞いてくれるから。真剣に考えてくれるしね」

「そうだね。私もそう思う」

やけに真剣に話す渚沙に、夏芽もうなずきながら同意した。

「じゃあ、あたしこっちだから。夏芽ちゃん、応援してるよ」

渚沙は自分の帰り道を指さしながら、夏芽に笑顔でそう言った。

イラストのことだと思った夏芽はすんなりその言葉を受け入れる。

「ありがとう。渚沙ちゃんのことも応援してる。帰り、気をつけてね」

「ありがと！　じゃあ、またね」

渚沙はいつもみたいに明るく手を振って帰っていった。

夏芽も手を振って、それからひとり明るい光の中を歩いていく。

イルミネーションのきらめきをそっと目で追いながら。

少しだけ、心が前に向いていた。

【かおりぎ】みたいな。

そんな渚沙の言葉は夏芽の胸に沁み込んで、鬱屈とした気分から抜け出せそうな気がした。

＊

店じまいをしたあとの店内はひっそりとしていた。

カウンターテーブルのオレンジの照明だけが稔の手もとを照らしている。

稔は料理教室のためのレシピを作成していた。内容は以前、夏芽に言っていた薬膳カレーだ。材料と香辛料の種類を書き出している。参加する人数もだいたい把握できたので、その分量より少し多めに準備しておく。

稔はふと手を止めて、このあいだのことを思い出した。

『お見合い話、あってもいいと思っています』

あの言葉を言った日から、稔は夏芽を今まで以上に意識していた。

淡い憧れの気持ちとは違う想いだ。

あの日勇気を出して鍋に誘って、一緒に料理をして、ふたりで食べた。あの時間はあまりにも特別すぎた。もちろん一番は夏芽の身体のことを考えて、他の客に対するのと同じように接したつもりだ。

意識しすぎて火傷してしまったときは、本当に恥ずかしかった。

あのまま気まずくなりそうだったが、そんなことも鍋の美味しさに感動した夏芽の笑顔で吹き飛んだ。

あっという間の時間だったが、一緒に食事をして他愛ない会話をしていると心地よくて、このままずっと一緒にいたいという気持ちが膨らんだ。

もちろん、そういうわけにはいかないので、稔は平静を保ちながらその夜もいつも通り夏芽を駅まで送った。

ただ、今までとは明らかに違う感情に戸惑ってもいた。

寒そうに震える夏芽を見て、とっさにマフラーを巻いてあげたことには特別な感情はなかった。今まで通りだった。

しかし、マフラーに絡んだ髪をほぐすとき、夏芽の顔が近くにあるとき、そして夏芽がマフラーをぎゅっと握って微笑んだとき。

そんな小さなことがやけに胸に焼きついた。

稔は今までで一番、夏芽を可愛いと思った。

清潔感のある綺麗な人というイメージは以前からずっと抱いていたが、可愛いと思ったことなどなかった。むしろその表現は失礼な気がする。それでもそう感じてしまったのは、夏芽に対する気持ちを確信してしまったからだろう。

平常心を保ちながらいくつか会話のやりとりをしたものの、胸中は落ち着かなかった。

これまで理性で線引きしていたのに、それを簡単に越えた瞬間だった。

だから、言わずにはいられなかったのだ。

夏芽との見合い話が現実でもいいと。

そのひと言を口にするのに、相当な勇気が必要だった。それを言った瞬間から、これまでの夏芽との関係がきっとまるごと変わってしまうから。

稔がそういう目で夏芽を見ていることを知られてしまうから。

最悪なことを想定すれば、夏芽は店での居心地が悪くなってしまい、辞めてしまうだろう。

だから直接表現はせず、曖昧な言い方をしてしまったことは卑怯なのかもしれない。

夏芽は驚いていた。どう反応したらいいか迷っているようだった。

気まずい状況になったときに電車が来たのは絶妙のタイミングだった。

その後のメッセージは普段と変わらないやりとりをした。夏芽は稔の発言について訊いてくることはなく、稔もその話は出さないようにしていた。

店のことや薬膳について話していると自然に接することができるから。

稔が危惧したことは何も起こらなかった。夏芽は普段と変わらず接してくれたし、通常通りだった。そのことに安堵した。

しかし中途半端な状態になってしまって、結局自分はどうしたいのか、どうなりたいのか、曖昧なまま時間が過ぎた。

同時に、もしかしたら夏芽にはそんな気がないのかもしれないと思い、拒絶されるのが嫌でなるべく別の話題で誤魔化そうとしている自分にも気づいた。

夏芽は今年恋人と別れたばかりだと渚沙に言っていた。

今は異性とそんな気にはなれないのかもしれない。

「言っちゃいけなかったかな」

稔は鉛筆を持ったまま頭を抱えた。鉛筆を置いて、スマホをそっと見る。

見合い話の発言に対する明確な反応が得られていない。

ということは、夏芽にそんな気はないということだろう。

しかし、言ってしまったことは取り消せないので、稔はできるだけいつも通りに接するようにした。幸い夏芽も以前と変わらず接してくれている。

夏芽が【かおりぎ】の特集でイラストの依頼を受けていると聞いて、稔は自分のことのように嬉しく思った。

自分の大好きなものが、大切だと思うものが大きな舞台へと上がる。心から応援したいし、喜んだ。

夏芽の気持ちも知らずに。

『やっぱりまだスランプから抜け出せなくて』

夏芽はイラストの仕事と両立すると言ってこの店の仕事を始めた。だから、稔はてっきり夏芽が順調なのだと思っていた。

一体どんな思いで言ったのだろう。

あんなに上手に描けるのに。

いつも店の看板をさらさら描いて、それをそばで見ていると本当にすごいと思ったし、毎回楽しみだった。

まさか絵のことで今も悩みを抱えていたとは想像もしなかった。

励ましの言葉は見つからなかった。

大丈夫ですとか、頑張ってくださいとか、無理しないでくださいとか。

そんな当たり前のような言葉は、あのときの夏芽にかけるものではないと、稔はなんとなく察してしまった。

稔や他の人の前ではその悩みを表に出さず、周囲が描いてほしいとお願いするたびに、夏芽は快く応じていた。

どんな気持ちで引き受けていたのだろう。

稔は何度もそのことでメッセージを送ろうとした。けれど、なかなかいい言葉が見つからず、入力しては消してを繰り返し、しばし葛藤した。

綺麗ごとなど必要ないだろう。単純に、自分の気持ちを伝えればいいだけだ。

稔は静かにスマホを置いて、レシピの作成を再開した。

＊

明日開かれる料理教室に夏芽もスタッフとして参加するので、この日は稔とふたりで買い出しに行った。

とは言え、材料はすでにほとんど用意しているらしく、それほど買うものは多くなかった。肉と野菜と豆類と、飲み物を少し。それも稔の自転車の籠に入る程度だ。

それでも夏芽はふたりで出かけられることが嬉しかった。

買い物をしながら稔は今までどんな料理を作ってきたか話してくれた。前回は山芋（やまいも）を使った料理をいくつか作ったらしい。山芋は山薬（さんやく）と呼ばれるほど栄養価が高く、滋養強壮や疲労回復の効果があり、夏バテ予防に最適なのだそうだ。

今回は予告通り薬膳カレーを作る予定となっている。寒い時期にぴったりのスパイスを使った品で、身体も温まるだろう。

「稔くんがレシピを考えているの？」

「はい。以前はおじいさんの手伝い程度でしたが、最近は好きなようにさせてもらっています」

そう言って彼は料理教室のために作った資料を見せてくれた。どの料理を作るか、手順はどのように進めていくか、そういったことが書かれてある。

「すごいね。大学の勉強をしながらお店の仕事もして」

「夏芽さんがいてくれるからそれほど大変ではありません」

稔は笑顔でさらりと言った。

夏芽はどう反応すべきか迷い、少し照れくさくなりながら返した。

「役に立ててよかった」

「はい。今日も買い物に付き合ってくれて、ありがとうございます」

「いろいろ勉強になったし、こちらこそありがとう」

笑顔で礼を言うと、稔は少し目をそらした。

そのせいで会話が途切れてしまう。

明るい笑顔になったり急にそっけないような態度になったり、何か考えごとをしているのか、今日の稔はそわそわしている。

「寒いですね」

「うん」

冷たい風が頬に当たる。それと同時にふわっと香ばしい焼菓子の匂いがした。

夏芽がその正体を探そうと周囲を見まわすと、稔が先に見つけた。

「たい焼き屋がありますよ」

「あ、ほんとだ」

「食べませんか？」

やけに明るい表情をする稔に、夏芽は戸惑いながら「うん」と答えた。

「僕が買ってくるので、少し待っててください」

「え、でも悪いよ」

「付き合ってくれたお礼です」

そう言って稔は自転車を置いて買いに走ってしまった。

夏芽は少し混乱していた。今日の稔はやけに積極的だなと思う。ふたりで買い物に行こうと言い出したのも稔だし、見合い話があっていいと言ったあの日から、稔の距離が近づいている。夏芽はそう感じた。けれど、たまに急に黙り込んだりする。

稔は一体どうしたいのだろう。そして、自分はどうなりたいのだろう。

見合い話を進めようと夏芽が提案したら、彼は了承するだろうか。

いまいち稔の気持ちが読みとれなくて、夏芽は悩んだ。

たい焼きをふたつ持った稔が戻ってきた。

「はい。夏芽さんの分です」

稔が差し出したたい焼きを夏芽はそっと受けとった。焼きたてのたい焼きは冷えた手を温めてくれる。

「ありがとう。いただきます」

稔はうなずいて、たい焼きをかじった。

夏芽も口にしようとしたが、ふと思って何気なく訊いてみた。

「稔くん、頭から食べる人なんだ」

「え？　はい。違うんですか？」

「私は尻尾から」

「気にしたことなかったです。どうして夏芽さんは尻尾から食べるんですか？」

「んー、触感かな。最初にかりっとした尻尾が食べたいんだ。あとは、餡がたっぷり残った頭を最後に取っておきたい」

「好きなものは最後に取っておきたい心境、わかります。昔はよくそうしていました」

稔はそう言いながらもうひと口、頭からかじった。

「でも今は、美味しいものを先に食べてしまいます」

夏芽はふっと笑ってたい焼きをひっくり返した。

「じゃあ、私も。今日は頭から食べよう」

するとと稔はまた、顔を背けてしまった。

ふたりでたい焼きを食べながら、通り過ぎていく人たちを眺めた。

暖かい場所を求めていくように、誰もが少し急ぎ足になっている。夏芽もひとりならそちら側だろう。けれど、稔ととなり合ってこうしていると、不思議と寒くなかった。

たい焼きのぬくもりがじんわり感じられて、甘いひとときに酔いしれる。

高校生に戻ったみたいだなと思った。そのとき彼氏はいなかったけれど、友だちと学校帰りにクレープを買って、公園で食べたりした。

稔と一緒にこうしていると、まるでデートみたいだなと思って、少し照れくさい。特別なことはしていないのに、幸福感に包まれる。

「なんか、いいね。こういうの楽しい」

夏芽は素直にそう言うと、稔は笑顔になった。

「よかった。夏芽さんが元気そうで」

「え？」

「実は少し心配していました。この前、元気がなさそうだったので」

もしかして、そのことをずっと気にしていたのだろうか。なんだか申し訳ない気がした。

稔は半分くらいになったたい焼きを持ったまま、少し困惑の表情で話す。

「夏芽さんの気持ちも知らず、勝手に舞い上がってしまって、すみませんでした」

「ううん。私こそごめんね。嫌な気分にさせちゃったよね」

　夏芽は慌てて返す。

「それに、稔くんにああやって言ってもらえて嬉しかったよ」

　誰にも認められない現実を、唯一信じてくれた稔の存在は夏芽にとってあまりに大きい。

　彼は無条件で夏芽を応援してくれた。誰もが忘れてしまっている夏芽の作品を褒めてくれた。好きだと言ってくれた。それだけで十分すぎるくらいありがたい。

　稔は照れくさそうにしながらも微笑んで、たい焼きをすべて平らげた。

　夏芽は最後に残った尻尾の部分をかりっとかじった。

　稔は自転車を押していつものように駅まで送ってくれた。

　ひやりと刺すような風が頬に当たったが、不思議と寒くなかった。それどころか、全身が温かくて心地よいくらいだった。

「それじゃ。明日は早めに店に行くね」

　夏芽は改札に向かう前に稔と向かい合った。

　稔は「はい」と笑顔でうなずく。

　次の約束があるのに、このまま帰ってしまうのが惜しい気がした。けれど、その気持ちはしまっておき、夏芽は笑顔でいつも通りの挨拶をする。

「それじゃ、お疲れさまでした」

「あのっ……！」

いきなり稔が遮るようにして声をかけた。

夏芽は「うん？」と返事をする。

稔はわずかに躊躇して、それからやけに真剣な表情でまっすぐ夏芽を見つめた。

「僕は本当に、夏芽さんの絵が好きです。あなたのファンがいることを、どうか忘れないでください」

あらためてそう言われて、夏芽は驚き、そして胸の奥がぎゅっと締めつけられた。

稔の言葉は優しくてぬくもりがある。気持ちを穏やかにしてくれる。

傷ついた心を癒してくれる。

それなのに、今の夏芽は少し心持ちが違った。

ここは「ありがとう」と言うべきだとわかっているのに、そうじゃない。

わずかばかりの侘しさが、心の中をまぜ返す。

夏芽の心はまるでマーブル模様のように温かくて冷たくて、ぬるくて複雑だった。

言うなれば、物足りない。

夏芽は少しわがままな気持ちになった。

「それだけ？」

と夏芽が言った。

稔は少し驚いたように、急に慌て出した。

「え？　えっと……」

「稔くんは、私の絵が好きなの？　それだけなの？」

「どういう意味ですか？」

稔が困惑している。無理もないだろう。彼は応援のつもりで声をかけたのに、受けとる夏芽がまるで責め立てるような言い方をしてきたのだから。

夏芽だって、自分の言っていることが彼に迷惑をかけていると自覚している。

それでも、夏芽は訊きたかった。

どうしても、訊きたかったのだ。

「私のことは、どう思っているの？」

ずっと我慢していた、一番知りたかったことを、ついに口にしてしまった。

稔は真っ赤な顔をして視線を泳がせる。

夏芽は少なくとも、意地悪なことをしている自覚があった。けれど、待っていた。

彼があのときの続きを言ってくれることを、待っていたのだ。

やけに頬が冷たい。たい焼き効果は薄れてきている。

心がぎゅっと押し潰されるような気がした。

　少し緊張して手が震える。けれど、夏芽は稔から目をそらしたりしない。

「このあいだ、お見合い話があってもいいって言っていたよね？　あれはどういう意味なの？」

「えっと……」

　稔が困惑しながらうつむく。

　夏芽はまるで尋問しているみたいだと思い、ひと呼吸置いて静かに口を開く。

　もう、待っているだけじゃ進まない。自分から前に進もうと思った。

「もし、私の勘違いじゃなかったら……」

「え？」

　稔が顔を上げた瞬間、夏芽は笑顔で続けた。

「私は嬉しかったよ」

　勘違いから始まった関係だが、夏芽は最初から稔が今まで出会った人たちとは違うことに気づいていた。自分の心の頑（かたく）なな扉を、無理にではなく、ごく自然に開けてくれるような人。

　それが、稔という存在だ。

「それは……あの」

稔の声が震えている。

夏芽は勇気を絞り出すように、少し間を置き、白い息を吐いて、笑みを浮かべながら正直な気持ちをはっきりと口にした。

「私は稔くんのことが好きだよ」


稔に告白したあと、夏芽は返事も聞かずに帰ってしまった。

ちょうど電車が来たのでそれに飛び乗るように、稔に笑顔で「さよなら」を言って帰った。

本当は次の電車にすることだってできたはずなのに、いつもならそうするのに、稔の反応が怖かったから。

今さら怖がっても、結果は同じだというのに。

もどかしい。両想いなのか、それとも勘違いなのか、よくわからない。

今まで男性と付き合ったときは、告白というイベントはそれほど大切ではなかった。「付き合おうか」とお互いの意思を確認して、翌日からは恋人同士。

胸が痛くなったり、気持ちが落ち着かなくなったり、もどかしく感じたり。そういったことをすべて飛ばして触れ合いの関係に進む。

稔に対して、そんな感情を抱いてしまうことが、なんだか悪いことのように思えて複雑だった。

それでも、やっぱり願ってしまう。稔の手に触れたい。

稔の笑顔に触れたい。

そして、同じ世界の下で過ごしたいと。

「やだ……これ、初恋みたい」

今までの恋人に抱かなかった感情が、妙に新鮮だった。

*

その夜、稔は明日の準備をしながらも、ほとんど心ここにあらずだった。

夏芽を元気づけるために一緒に買い物に出かけた。明るく振る舞うつもりが、夏芽の何気ない仕草や言動にいちいち心臓が早鐘を打つので反応に困った。

失礼な態度を取ってしまったかもしれないと危惧したけれど、それよりも意外なことが起こってしまった。

驚いてどう返せばいいか迷っていると、電車が来てしまって曖昧なままで別れた。

メッセージで返事をすればいいだろう。簡単なことだ。嬉しかったと、同じ気持ちだと伝えればいい。

しかし、文字だけで伝えるのは憚られる。通話する勇気もない。

一番の懸念は、果たして自分が夏芽に釣り合っているのかどうかだ。そこはやはりまだ気になっている。

稔には夏芽が大人びて綺麗に見えるから、もっとしっかりした逞(たくま)しい相手がいいのではないかと思うと自信がなかった。

「おや？　稔、帰っていたのか」

「稔くん、こんばんは」

誠司は友人の女性とともに二階から下りてきた。

稔は女性に「こんばんは」と挨拶を返す。

彼女はいつものようにきちんと着物を身につけて清潔な雰囲気だ。背筋をぴんと伸ばして常に気を抜いている様子がなく、気品にあふれている。

友人のような、恋人のような関係。ただ、お互いに伴侶(はんりょ)を失ってからの余生をともに過ごしているだけ。お茶を飲んでおしゃべりをする仲だ。それでも、ふたりでいるのが当たり前のようになっていて、傍から見れば本物の夫婦のようである。

誠司にとっては【いい人】らしいと稔は聞いた。おそらく女性のほうもそう思っているだろう。

一緒に暮らすという話もあったが、結局ふたりはちょうどよい距離感で付き合っているように見える。

周囲から反対の声があったせいなのかもしれない。特に女性の子どもたちが反対したと聞いた。子としては複雑な気持ちなのだろう。

「後悔しない生き方をしたい」

それがふたりの共通の思いだった。

彼らの場合、平均的に見ても残りの人生は十年と少し。終わりが見えているからこそ、自分たちの心を大切にしようと決めたのだろう。

そのことに稔も両親も納得し、静かに見守っている。

稔はスマホを取り出して連絡先を表示した。メッセージアプリの画面をスクロールして、夏芽とのやりとりを目にすると自然と笑みがこぼれた。

夏芽にふさわしいかどうかとか、釣り合わないかもしれないとか。そんなことを悩む時間があるのはまだこの先が長いからだ。

けれどもし、これがあと十年の寿命だったらどうだろうか。

稔は唇をぎゅっと結んだ。

後悔しない、生き方をしたい。

＊

からりと晴れた暖かい午後、【かおりぎ】の店は貸し切りで人が集まっていた。

主に常連客が多かったが、たまたま料理教室のチラシを見て来たという人もいた。

店内はそこそこ人がいて賑わっている。

メニューは予告通りの薬膳カレーで、家庭のキッチンであまり見ないような香辛料の入った皿がテーブルに並んでいる。各テーブルにはひとつずつガスコンロが置かれており、それぞれが調理できるようになっている。

「これでルーを作るの？」

「ぜんぜんわからないわ」

参加者はみんな目を丸くしていた。

どこかの写真でしか見たことのない香辛料を、夏芽もまじまじと見つめた。

「ひとつずつ説明をしますね」

と稔がみんなに笑顔を向けた。

カルダモンは爽やかな香りを放ち、胃の働きをよくする。

クミンは辛みのある植物で、血行をよくして食欲を増進する効能がある。

クローブは甘い香りとぴりっとした刺激があり、鎮痛効果がある。

ナツメグは甘みと辛みがあり、冷えに効果がある。

フェンネルは甘みと苦みがあり、消化を促し胃もたれに効果がある。

これらカレーの材料は漢方の胃腸薬にも使われている。

「同じものが使われているなら、胃腸薬を使ってもいいんじゃない?」

参加者の一言に、妙案だと一部で声が上がったが、稔は静かに否定した。

「極論を言えばそうなんですが、胃腸薬は薬品です。食用ではないので用途は分けたほうがいいです。それに薬には副作用があるので、飲みすぎはよくありません。なので、カレーと胃腸薬はくれぐれも混ぜないように」

人差し指を立てて冗談めかして言う稔に、周囲から笑いが起こった。

夏芽はいつかの渚沙の言葉を思い出した。

彼女も夏芽の何気ない気楽な思いつきについて、きちんと指摘していた。

やっぱりふたりは似ているなあと思う。それぞれ違う役割を持ちながら、見ているところは同じ。

みんなに説明をしている稔の姿を見つめながら夏芽は静かに微笑む。

夏芽の告白に対するはっきりとした返事はもらっていない。メッセージがいくつか届いた中で、稔自身も嬉しかったという気持ちが書かれていただけだった。

そして、直接話したいと。

そんなわけで、夏芽は終始落ち着かなかった。

ところが稔は昨日のことなどまったく気にしていないかのように、堂々とやるべきことをこなしている。

夏芽はうらやましくも、どこか切なくなった。

意識しているのは自分だけのように思えたから。

稔は説明をしながら実際に調理してみせる。

フライパンにバターを入れて溶かし、玉ねぎを炒める。

香辛料は別のフライパンで乾煎りする。その他ににんにくと生姜とシナモン、それにコリアンダーも一緒に。

コリアンダーは別名パクチーだ。

「そしてウコンも忘れてはいけませんね」

ウコンつまりターメリックはカレーを黄色に染めるのだ。

作り方はそれほど難しくはない。

これらを混ぜ合わせてコンソメスープを入れるともうルーの完成だ。

「いい匂い」

「カレーの匂いだ」

「本当に簡単に作れちゃうのね」

参加者たちは稔のまわりに並び、かぐわしい香りにうっとりしている。

あっという間に出来上がったカレールーを待機させておき、今度は食材の準備をする。

材料は鶏肉と大豆がメインで、トマトも加えて一緒に煮込む。

「仕上げにはちみつとオイスターソースを入れると、より深い味わいになります」

稔の言葉に全員「なるほど」と言いながらメモを取った。

「クコの実を入れましょう。不老長寿の薬です」

稔がそう言うと「うそー」とか「最高だね」と声が上がった。

鍋の中の具材が煮立ってきたら、カレールーを入れてとろとろになるまでゆっくり混ぜる。

あらかじめ炊いておいた雑穀米を皿に盛って、出来上がったカレーをたっぷりかけると、薬膳カレーの完成だ。

「いただきます」

いくつかテーブルをくっつけて全員で向かい合って座り、手を合わせて言った。

それぞれがスプーンを持ってカレーをすくって食べる。夏芽も同じようにひと口食べると、口の中に香辛料の香りが広がり、まろやかな甘みと辛みの混ざった独特の味がした。

「あ、カレーだ」

夏芽が何気なくそう言うと、他の人たちも次々と声を上げた。

「本当にカレーの味がする」

「信じられない。これ最初から作ったのよね？」

稔はにこにこしている。

夏芽が目を向けると、稔と目が合った。

彼は一瞬戸惑ったように見えたが、すぐに夏芽に笑顔を向けて、それから他の人たちの質問に答えていた。

「そういえばカレーって二日酔いのときになぜか食べたくなるんだよね。気分が悪いのにどうしてなんだろ」

誰かの質問に稔がさらりと答える。

「それはウコンが入っているからです。ターメリックの主成分が肝臓の働きをよくしてアルコールを分解します。だから、飲酒するときにカレーを食べておくと二日酔いしにくくなります」

「へえ、そうなんだ！　知らなかった」

この料理教室はただ料理を教わるだけじゃない。その栄養素と身体への影響もきちんと教えてくれる。それは店主がずっとやってきたことで、それを稔は忠実に受け継いでいる。

身体の芯から温まる薬膳カレー。こんな寒い冬にはぴったりの料理だった。

食事をしていると、夏芽のとなりに座っている若い女性が声をかけてきた。

「あの、もしかしてイラストを描いている方ですか？」

女性に訊かれて夏芽が「はい」と答えると、彼女は両手を合わせて目を輝かせた。

「私、あの絵が好きなんです。ネットにみんなが載せている写真をチェックしているんですよ。ご本人にお会いできて嬉しいです」

「ありがとうございます」

夏芽は慌てて礼を言った。

内心驚いていて、嬉しいのに複雑な心境である。

直接他人に褒めてもらうことなど滅多にないので、気恥ずかしい気持ちもある。

知らない誰かに直接言われると、ネットで話題になっているというのは本当だったのだとあらためて実感する。

「いつも癒されているんですよ。友だちとSNSで共有したりして。遠方の友だちが今度こっちに旅行したときにこの店に来たいって言っていました」

「ぜひ、いらしてください。鎌倉は素敵な場所がいっぱいありますし」

「そうですよね。私、都内住みなんです。ちょっと電車で遠出したらこんなにゆったりできる場所があるんだから、何度も来たいって思っちゃいます」

可愛らしい雰囲気の彼女は大学を卒業したばかりだと言う。社会人一年目で悩みも多く、仕事を辞めたくてたまらないようだが、今は相談に乗ってもらえる人がいるのでなんとか続けていられるという。

「ここに来たら、少し気持ちが軽くなれるんです。日常を忘れることができるから、英気を養ってまた頑張ろうって思える。それに身体にいい食事まで学べて、ほんとに素敵なお店ですよね！」

女性の言葉に夏芽が嬉しくなるのは、同じ気持ちだからというだけでなく、もうこの店の人間だからだ。

夏芽は自分が最初に訪れたときのことを思い出す。

稔はきっと、こんなふうに喜んでくれる客を見て、幸せな気持ちになったのだろうと思う。

「私は冷え性なんだけど、このお店に来てから身体を温める食事を知ったり、自分で学ぶようになったりして、この冬はあまり冷えなくなりましたよ」

「ほんとですか？　私も手足が冷えちゃうのが悩みなんです」

「薬膳鍋って知ってますか？　辛いスープにいろんな具材を入れて食べる料理なんだけど」

「あー知ってます！　友だちのあいだで話題になってるんだけど、まだ食べたことなくて」

「栄養たっぷりで美味しくて身体も温まるんですよ」

「今度そういうのを出す店に行ってみます。ここでも薬膳鍋をやってくれないかな?」

「店主に提案してみますね」

「楽しみです」

こんな他愛ないことを客の女性と話しながら、夏芽は心の底から楽しんでいた。

こうして広がってほしい。そして訪れた人が少しでも笑顔を取り戻せるように、少しでも多くの人に届いてほしい。【かおりぎ】の店の優しさが、夏芽も微力ながら精一杯努(つと)めたいと思っている。

ちらりとテーブルの向こうに目を向けると、稔の姿があった。

彼はまわりの人たちと談笑している。

宙ぶらりんな状態で、稔と大切なことをしっかり話せていない。

夏芽は切ない気持ちを抱きながらも、稔が笑顔で客に接する姿を見て、じわりと胸が熱くなった。

片付けが終わる頃、日が傾きかけていた。まだ四時だというのにこの時間から夜になるまでは早い。

クリスマスツリーの照明を点灯する時間にはもう、空は濃く深い色に染まっていき、点々と星が姿を現した。

客が帰ってようやく落ち着いた頃、稔が庭に出ていた夏芽に声をかけてきた。

「夏芽さん、今日はありがとうございました。おかげで助かりました」

「ううん。だって、私もこの店のスタッフだよ。それに、楽しかった」

「それはよかったです」

今日一日ずっと離れていたので、久しぶりに話す。

夏芽はわずかに緊張したが、今ここで話を切り出さないといけない気がした。

「「あのっ……」」

ふたりの声はぴったりと重なった。

「えっと、夏芽さんからどうぞ」

稔が譲ってくれたので、夏芽は決心したことを口にした。

「私ね、イラストの仕事を受けようと思う」

真っ先に、稔に報告したかったのだ。一番応援してくれる彼に最初に伝えたかった。

稔の表情は驚きから喜びに変わっていく。その過程が夏芽にはとても丁寧に感じられて、心に沁みた。

「本当ですか？　自分のことのように嬉しいです」

「ありがとう」

そう言ってくれると思ったから、伝えてよかったと心から思える。

「私ね、もしこのお店を知らなかったら、こんな気持ちになれなかったと思う」

今日出会った客のことを思い浮かべる。みんな悩みを抱えていて、それぞれの事情があって、この店が好きで心を癒したいと思って訪れる。

「もし稔くんに出会えていなかったら、もし【かおりぎ】の人たちに出会えていなかったら……きっと、今でもひとりでくすぶっていたと思う」

前に進むために自分で立ち上がらなければならないのはわかっていても、うまくいかない。

少し前までの夏芽はひどく臆病だったし、イラストだけでなく、何事にも自信を失っていた。

今まではどうやっていたのか、わからなくなるほどすべてが億劫になっていた。

このスランプを抜け出す方法がわからなくて、最初はもがいていたものの、まったく結果が出なくて諦めてしまった。

ところが、そんな人生に変化が訪れた。

稔と出会ったこと。【かおりぎ】と出会ったこと。

この店を通じて出会った人たち。

誰かに背中を押されたわけじゃない。ただ、この瞬間を息をするように生きただけ。

それなのに、このわずかな時間が夏芽の心をまるごと変えてしまった。

「神さまが出会わせてくれたんだよね。このお店と稔くんに」

今の夏芽には、一歩だけ未来が見える。

夏芽は、稔が好きだと言って応援してくれるイラストの仕事に、もう一度チャレンジしてみようという気になれた。

今はもう、迷いは一切ない。

「私の話はそれだけだよ。稔くんの話は？」

笑顔で訊ねると、稔はぎゅっと口を引き結んでじっと夏芽を見つめた。

やけに真剣な表情で、いつものやわらかい彼のそれとは違った。

夏芽は妙に恥ずかしくなって目をそらしてしまう。

すると、稔が衝撃的なことを口にした。

「僕はずっと前から、夏芽さんのことが気になっていました」

「えっ？」

突然の告白に夏芽は驚き、目を見開く。

彼はきっと、夏芽の告白を真剣に考えてくれたのだろう。

しかし、このように返されるとは思いもしなかった。

「前から……？」

夏芽がわずかに首を傾げると、稔は頬を赤く染めながら言った。

「最初は憧れの気持ちだったと思います。でも、あの日……夏芽さんがこの店に来てくれて初めて会ったとき、僕は少し嘘をつきました」

やけに静かな庭で、稔の声は夏芽の鼓動に合わせてだんだん大きくなっていく。

夏芽はぎゅっと手を握りしめて、視線はまっすぐ稔にある。

高鳴る鼓動を感じながら、彼の言葉の続きを受け入れた。

「僕はあのとき、夏芽さん自身に強く惹かれました。けれど、僕のような人間が夏芽さんにふさわしいとは思えなかったんです。だから、夏芽さんの絵が好きだとしか言いませんでした」

稔は必死に言葉を選んでいるようで、真剣に話す。

夏芽は少しだけ口を挟む。

「私からすれば稔くんはとても立派だし、しっかり自分の道が見えていて、かっこいいと思うよ」

稔は夏芽を見つめたまま、顔から首まで真っ赤になる。

その表情を見ていると、夏芽も照れくさくなり、目をそらしてしまった。

少しのあいだ、沈黙がある。

けれど、稔が先に口をひらいた。

「夏芽さんのことが好きです。その、イラストではなく、夏芽さんに好意を持っています」

勢いのある稔の告白に、夏芽は驚いて呆気にとられ目を丸くする。

見合い話があってもいいと稔が言ったことで、少なからず好意は持ってくれているだろうとは思っていたが、まさかこれほどはっきりと気持ちを伝えてくれるとは思わなかったから。

夏芽は少々、不安になる。

こちらから急かしてしまったような気がするからだ。

「稔くん、あの……」

なんと言えばいいのだろうか。

嬉しい気持ちはもちろんあるけれど、夏芽がはっきりしろと言ったから彼はそれに答えるべきだと判断したのかもしれないという思いもあり、複雑な心境である。

自分で言っておきながら、また臆病になっている。

けれど、そんな夏芽の考えは杞憂だった。

稔は自分の気持ちを丁寧に話してくれたのだ。

「夏芽さんが一緒にこの店で働いてくれる。帰ったら夏芽さんがここにいる。それだけで、僕の生活はまるで違うものになって、毎日が嬉しくて楽しくて、幸せだと思いました」

稔は夏芽と目を合わせる。

その力強い視線はきらきらしていて、優しくて、愛おしい。

夏芽が唇をきゅっと引き結ぶと同時に、稔はふたたび口を開いた。

「これからも、ずっとそうであってほしいと思います」

そして、彼はそのあとすぐに付け加える。

「だから、夏芽さんとプライベートでも親しくなりたいと思っています」

稔はそう言い切ったあと、赤面したまま目をそらした。

これが彼の精一杯なのだろう。

夏芽も頬が熱くなり、気恥ずかしさに震えた。

店内には誰もいない。

誠司は今日の料理教室に来てくれた知人たちと、行きつけの古い懐石(かいせき)料理店で軽めに酒を飲むと出かけた。

ふたりきりでも、いつも穏やかな空気の中で過ごしていたけれど、今は緊張感に包まれて、言葉のひとつひとつが重く胸に響く。

心臓が早鐘を打ち、稔に聞こえてしまうのではないかと思った。

けれど、それでもいいとさえ思ってしまう。

夏芽は頬を赤らめながら、稔に笑顔を向けた。

「そっか。嬉しいな」

「え？」

「私も、初めて会ったときから惹かれていたの。だけど、そのときの私はあまりにもいろんなことがうまくいっていなくて、稔くんがきらきらして見えて遠い存在だった。だから、自分の気持ちに蓋をしたの。ようやく、堂々と気持ちを言えた気がする」

黄金色の美しい秋に彩られた【かおりぎ】の庭で、ふたりは出会った。

始まりの予感には、お互いに無意識に気づいていたような気もする。

けれど、まだそのときではなかった。

すっかり葉を落とした殺風景なこの庭で、クリスマスツリーの輝きの下、今度こそお互いの想いをたしかめ合うことができたのだ。

【かおりぎ】の時間がゆったりと、ふたりの心を育んでいった。

いつもと同じ帰り道。稔は変わらず夏芽を駅まで送ってくれる。

夏芽は稔のマフラーをずっと身につけている。

それは稔が冬のあいだ使ってほしいと言ってくれたからだ。

夏芽には断る理由がなかった。気持ちを伝えるよりも前から、彼のことを身近に感じられる唯一のアイテムだったから。

けれど、今はとなりにいる。少し、気恥ずかしくなる。

「やっぱり夜になると寒いね」

夏芽は何気なくそう言った。昼間は日差しもよく、上着を脱ぐほどの暖かさだった。しかし、日が沈むと急激に冷える。

「夏芽さん」

「えっ？」

となりを歩く稔が突然、夏芽の手を握った。

並んで歩きながら、稔は恥ずかしそうに頬を赤らめている。それでも握られた手は力強くて、夏芽は鼓動が忙しくなった。

稔はいつも自転車を押して歩き、帰りはそれに乗っていく。

今日はそうでないのはもしかしてこのためだろうかと、都合のいい解釈をしてしまう。

それくらい、夏芽は自惚れてしまう。言葉には決して出せないけれど。

「これなら温かいですよ」

稔が笑顔を向けた。

「うん」

と夏芽は静かにうなずいた。

手をつないで並んで歩く。恋人同士なら当然のことだけれど、夏芽は少し動揺していた。

稔がやけに積極的だなとか、こうしてぴったりくっついていると意外と背が高いんだなとか、歩幅も自分に合わせてくれているがきっともっと大きいはずだとか。

何より、稔の手はすごく温かくて心地よいなとか。

そんなことを夏芽は考えた。

殺風景な冬の景色が、夏芽には色鮮やかに見えて、きっとこの夜のことは一生忘れないだろうと思った。

第五章

三月二十日発売の『きぬはり四月号』に、夏芽のイラストが掲載された【かおりぎ】の店の特集があった。

年明けから夏芽は多忙極まりなかった。編集者と何度も打ち合わせをしてイラストの下書きを送り、仕上げるのに締切（しめきり）ぎりぎりまでかかった。

そのあいだに店の撮影もあり、夏芽はスタッフとしての仕事もしっかり務めた。

店主の誠司の代わりに稔が取材に応じ、彼の顔写真も掲載された。

夏芽は店のスタッフとして、麻沙子とともに接客している様子が掲載された。

身内は大騒ぎだった。

まず夏芽の両親は雑誌を何冊も購入して親戚に配ってまわるし、あれほど夏芽の絵をバカにしていた父は会社で自慢げに娘の話をしていると父の会社に勤める知人がわざわざ報告してきた。

けれど、夏芽は驚きはしなかった。

父は以前にも同じことをしたと稔から聞いている。夏芽が最初に出した絵本のときだ。

「調子に乗るんじゃないぞ」

父は険しい顔つきで、相変わらず夏芽の前ではそっけない言葉を言い放つ。

けれど、夏芽は以前のように卑屈にはならない。笑みを浮かべて言い返す。

「お父さん、私の絵が好きだよね？」

「は？」

その日、父はいつもみたいに偉そうな顔でビールを飲んでいたが、夏芽の返しに呆気にとられた。

母はお茶を飲みながらにやけている。

「お父さんが買った雑誌にサインしてもいいよ」

「こら、調子に乗るなとあれほど……」

「今度、お父さんの似顔絵を描いてあげるね」

「い、いらん」

父は頬を赤らめながらビールを一気に飲み干した。

そのタイミングで母が冷蔵庫からケーキを出した。父の好きな苺がたっぷりのったタルトである。プレートには『おめでとう』と書かれてある。

「え？　祝ってくれるの？」

夏芽が訊ねると母は丁寧にタルトをカットしながら答えた。

「お父さんが苺のタルトが食べたいって言ったのよ。それもホールでね」

この三人の誰も誕生日ではないし、他に祝いごとはないので、おのずと夏芽のことだとわかる。だが、父はもちろん否定した。

「俺はただ苺が食べたいと言っただけだ。旬だからな!」

母は少し崩れたタルトの欠片をつまみ食いしながら夏芽に言う。

「あなたの活躍が嬉しくてたまらないのよ」

「うん、知ってる」

母の言葉に夏芽がうなずくと、父は何か言いたげだったが、照れくさそうに顔を背けた。

夏芽は父に対する見方が変わったような気がする。

今までは父の小言が鬱陶しくてたまらなかったから、適当に流すか無視をすることが多かった。

小学生の頃はそれでも父のことが大好きだった。中学生の頃からだんだん父の存在が鬱陶しくなり、高校生になるともう父と目を合わせるのも嫌だった。

それで大学から家を出てひとり暮らしをしていたのだが、今は実家にいても父のことがそれほど気にならなくなった。

父は相変わらず余計なことばかり言ってくるけれど、夏芽自身の心にずいぶんと余裕ができたようだ。

それは夏芽が成長したからなのか、社会の苦労を知ったからなのか、あるいは新しい人生のスタート地点に立ったからなのか。

それはまだ、夏芽にもわからない。

ただ、夏芽の人生は大きく変化しようとしていた。

「ありがとう、お父さん。応援してくれて」

夏芽が笑顔でそう言うと、父は「おう」と目を合わせずに返事をした。

それを見た母はにっこり笑い、一番大きな苺がのったタルトの一切れを父の皿にのせた。

【かおりぎ】の特集が掲載された雑誌は若い女性を中心に反響を呼び、休日は今以上に店が混雑した。

夏芽は変わらず看板のイラストは毎日変えて、メニューも月ごとに季節に合わせたイラストに差し替えた。

それがまた、反響を呼んだ。

SNSの盛り上がりに麻沙子は大興奮だったが、夏芽は意外と冷静に見ていた。

一度挫折を味わうと、一時的な成功に喜ぶような気持ちにならない。ネットの反響など長くは続かない。みんな次の流行や推しを求めている。奔流の中で埋もれずに生き残れるのはほんのわずかだ。

夏芽としては絵を描かせてもらえる状況をありがたく思いながら、あくまで淡々と店の業務をこなしていくだけである。

ただひとつ、どうしても平静でいられないことがある。

それは稔との距離感である。

お互いに想いを伝えあって晴れて付き合うことになったのだが、夏芽が稔と会うのは店の仕事のときくらいで、まだふたりきりでデートをしたことがない。

両想いになったのが十二月下旬、そして今は三月下旬だ。

このあいだ、ふたりにいわゆる恋人同士のイベントはあまりなかった。

というのもちょうど稔は就職活動に入る時期だったし、特殊な仕事なのでいろいろと勉強もしなければならず、ゆっくりできる時間を確保することが難しかった。

それでも不思議と夏芽は満たされていた。

この店に来れば稔に会えるし、彼はやはり仕事終わりに駅まで送ってくれる。

そのあいだに、いろんな話をする。

夏芽からもっと会いたいとかデートがしたいとか、そういったことは一切要求しなかった。

稔の今の状況を、夏芽は理解している。

なぜなら、自分が通ってきた道だからだ。

この部分が、前の彼氏との違いなのかもしれないと思うこともある。

比較するものではないが、あの頃は夏芽も元彼も自分の将来のことで精一杯で、心に余裕がなかった。

今の夏芽は稔を理解してそっと見守る余裕がある。それが、一番大きな変化なのかもしれない。

「ラテアートって難しいんですね」

この日、稔はカフェラテにイラストを描くということに初めて挑戦していた。

実は夏芽はラテ好きの麻沙子に教わって、ハート柄や猫柄を描いて楽しんでいたのだが、それを見た稔がうらやましそうにして、自分もやってみたいと言い出したのだった。

「でも上手になってきたよ。このへんをもう少し綺麗に……」

夏芽が稔の手に触れてアートの形を整える。しかし、すぐに我に返った夏芽が慌てて手を引っ込めた。

その際、せっかくの猫柄が崩れてしまった。

「夏芽さん、猫の耳が長くなりました」

「ごめん。やり直そう」

変に意識しすぎだ、と夏芽は自分を叱りつけた。

稔とは手をつないだことしかない。その先をまだ知らない。

他人からすれば、本当に付き合っているのかと勘繰られるようなレベルだと夏芽も自覚している。

今は忙しい身だからしばらくはこのままでいいと思う気持ちと、やっぱりもっと彼のことが知りたいと思う気持ちのあいだで、夏芽の心は揺れている。

それを稔には悟られないようにしている。

年上の余裕と恋人としての焦りが、夏芽の胸中で交差し、煩雑で厄介なものになっている。

そんな夏芽の胸の内を敏感に悟ったのは渚沙だった。

「やだ、こうして見ると新婚夫婦なんだけど」

カウンターテーブルの向こうに座ってにこにこしながらそう言ってくる。

渚沙には付き合うことになったと前に報告していたが、久しぶりに会った彼女は夏芽と稔を見て終始にやにやしていた。

「お似合いだよ」

「ありがと」

　渚沙の言葉に対し、夏芽は笑顔で返す。

　しかし稔は慌てたようで、その拍子に手もとが滑ってコーヒーをこぼしてしまった。

「あっつ……！」

「大丈夫？」

　夏芽が慌てて布巾を水で濡らし、稔の指先に当てる。

「すみません、夏芽さん。渚沙が変なこと言うから」

　稔が半眼で渚沙に抗議すると、彼女は肩をすくめた。

　そして、渚沙はふたたび笑顔で訊ねる。

「いつから付き合ってるんだっけ？」

「えっと……」

　稔が恥ずかしそうにうつむくので、夏芽が答える。

「三カ月くらい前だよ」

　付き合っていると呼べるのかわからない関係だが、一応そうなるだろう。

　すると、渚沙は驚いた顔で言った。

「え？　なになにー、その初々しい感じ。三カ月って言ったらお互いの悪いところとか見えてくる時期じゃない」

渚沙の言葉がおおむね理解できてしまうのは、夏芽がすでに経験済みだからだろう。付き合ったばかりの頃はお互いのいいところしか見ていないが、三カ月も経てばいろいろと見えてくる。それで破局してしまうカップルは少なくない。

渚沙もそうだったらしく、ため息交じりに言った。

「あたし、だいたいそれくらいでダメになるなあ。まあ、見る目がないだけかもしれないけど」

「ダメになるって言うなよ……」

稔がめずらしく低い声で抗議すると渚沙は淡々と返した。

「一般論だよ。もちろんすべての人がそうじゃないよ。特にここは特別だろうね」

渚沙が稔と夏芽を差しながらにこやかに言う。

真っ赤になって黙り込む稔のとなりで、夏芽は落ち着いて話す。

「渚沙ちゃんはこれから出会えるよ」

「だといいけど。まあ、とうぶんはいいや。今は相手のことを考える余裕はないしね」

渚沙は国家試験のための勉強でほぼプライベートはないようだ。今はこの店に来ることが唯一の気分転換であるらしい。

店に来て何も考えずにだらけていると頭の中がすっきりするそうだ。

「でもね。せっかくの気分転換が台無しになるの。稔のせいで」

「どういうこと？」

稔が怪訝な顔をすると、渚沙は頬杖をついて半眼で睨むように返した。

「稔の顔を見ると勉強しなきゃって気になるじゃない。追い込まれる感じがする」

「じゃあ、私の顔を見ていればいいよ」

夏芽がさらりと返すと、稔も渚沙も驚いた顔で目を向けた。

夏芽は笑顔で稔の失敗したラテを飲む。

「夏芽ちゃん最近面白くなったね」

「ありがとう」

「違った。明るくなったって言いたかった」

「どっちも嬉しいよ」

稔は頬を赤らめて、新しいラテにくまの絵を描いた。今度はうまく描けたのでつい笑みを浮かべてしまったが。

「わ、上手」

と夏芽が声をかけたせいか、稔の手もとが狂ってしまい、くまは片方の耳だけうさぎになった。

「ごめんね。余計なこと言って」

夏芽は微妙に責任を感じて謝る。

するとと稔は笑顔で「大丈夫です」と言って失敗したラテを渚沙の目の前に置いた。

「もうー、これ何杯目?」

「三杯目。無料(タダ)だよ」

「稔ってば、あたしにどんだけカフェイン摂らせる気?」

「まだ一日の摂取量目安を超えてないよ」

「目が冴(さ)えちゃうでしょ」

「好都合じゃない?」

渚沙はぶつぶつ文句を言いながら結局ラテを飲んでいる。

夏芽はふたりのやりとりを見て、ふふっと笑った。

それを見た渚沙は夏芽に忠告する。

「夏芽ちゃん、稔は優しいけど意地悪なとこがあるの。だから、いじめられたらあたしに言ってね」

「そんなことは絶対ない!」

稔は真剣な顔で断言した。

「おお、すごい愛が深いね。何か熱くなってきたから、あたし帰ろう」

渚沙はラテを半分残してそそくさと立ち上がった。もうこれ以上水分を摂ることは無理そうだった。

夏芽は店の入口まで渚沙を見送った。

外に出ると渚沙は大きく背伸びをして、庭のほうへ目を向けた。

ついこのあいだまで味気ない冬の景色だったが、今では新芽の緑があちこちに見られる。夏芽が知っているこの庭は秋の紅葉から眠りにつくまでの光景だった。

新しい色は鮮やかで、つやつやの葉がまぶしく輝いている。

空の青と庭の緑が綺麗に交じって、いつまでも見ていたい気持ちにさせられる。

「すっかり春だね。こんな暖かい日にまたこもって勉強するのもったいないなー」

渚沙はため息交じりに苦笑する。

「大変だね」

夏芽が言うと、渚沙はそれでも笑顔で応えた。

「自分で選んだ道だから、大変だけど後悔はしないよ」

渚沙のその言葉は夏芽の心にずっしり響いた。

そういえば、夏芽自身はいろいろと後悔してばかりだった気がする。

今は少し気持ちが違った。考え方が変わったとでも言うべきか。

稔と出会って、渚沙と知り合って、この店に関わる人たちに触れて、今は過去の失敗がかすんでしまうほど未来がはっきりと明るく見えた。

たぶんきっと、もう迷うことはないだろう。

渚沙を見送ったあと、一組の客が訪れた。

「いらっしゃいませ。どうぞ」

夏芽は扉を開けて、笑顔で客を迎えた。


店に続く緩やかな坂道で、桜の木が淡紅色（たんこうしょく）に染まり出す。

気候は少し肌寒いが、風はそれほど冷たくない。日が出ているあいだは暖かく、日中は上着を脱ぐ者もいるくらいだ。

この時期にこの道を歩くことが夏芽にとって毎朝の楽しみだった。

桜の木は次第に蕾を開いていき、薄紅の花が広がっていく。

夏芽は坂道をゆっくりとのぼる。

この美しい時間を少しでも楽しみたくて、たまに遅刻しそうになってしまうほどだ。

しかし、夏芽にはもっと好きな場所がある。

それが、この【かおりぎ】だ。

若い葉が急激に成長し、瞬く間に緑で包まれていく【かおりぎ】の庭。そこに佇む古い店。

夏芽の心を反映するように、【かおりぎ】は明るくまばゆい景色になっていた。

毎日ここに来ることが嬉しくて幸せで、初めて訪れたときよりもずいぶんと夏芽は明るくなっていた。

四月から新年度ということもあり、世間ではさまざまなことが変わっていく。

けれど夏芽は特に変化もなく、いつも通り店の仕事をこなすだけ。

そう思っていたのに、意外な人物との唐突な再会が夏芽に戸惑いをもたらした。


その日は日曜日でそこそこ客が多かった。

夏芽は忙しくても明るくはきはきと接客していた。

店に入ってきた新しい客に「いらっしゃいませ」と声をかけた瞬間、その目に飛び込んできた光景に夏芽は驚き、一瞬目を疑った。

男女ふたりの客だったが、女性が夏芽に話しかけてきた。

「料理教室ではありがとうございました」

女性はにっこり笑って言った。

そういえば見覚えがあると思ったら、以前料理教室で話した若い女性だということに気づく。

「こちらこそ、楽しかったです」

と夏芽は返す。

しかし、それよりも女性のとなりにいる人物が気になって夏芽は落ち着かなかった。

「ねえ、亮くん。とっても素敵なお店でしょ？」

女性に亮くんと呼ばれた男性は少し狼狽えながら「そうだね」と答える。

夏芽はあまり目を合わせないようにしながら、ふたりをテーブル席に案内した。

ふたりは店の中を見まわしながら楽しそうに会話をしている。

夏芽が水を運んでくると女性は「ありがとうございます」と明るく声をかけてきた。

女性はバッグから雑誌を取り出して、やにわに話を切り出した。

「この雑誌を見たんですよ。素敵な特集ですね。大好きなお店のことが書かれてあって、とても嬉しくて彼を誘って来たんです」

女性はとても明るく話してくれる。

だから夏芽も微笑んで返した。

その胸中はそわそわしていて、うまく笑えていたか自分でもわからない。

男性がこちらに向かって軽く会釈をしたので、夏芽も控えめに会釈をした。

そしてキッチンへ戻った夏芽はため息をつく。

「まさか、こんな偶然ってある？」

夏芽は誰にも聞こえないようにぼそりと呟いた。

客の男性は夏芽が以前に付き合っていた人。

つまり元彼だった。

そっとキッチンからふたりのテーブルに目をやる。

女性が楽しそうに彼と話をしている様子を目にして、夏芽は少しもやもやした。

もしかしたら、あの女性は彼が夏芽と付き合っているときから関係があったかもしれないのだ。

彼が浮気をしていたというはっきりした証拠はないが、女性の影は察していた。

それが彼女だったとしたら、なんとも複雑な気持ちになる。

あの女性とは料理教室でたくさん話した。気さくで笑顔の素敵な明るい女性だ。

このことを知らなければ、こんな微妙な気持ちになることもなかったのに。

夏芽は一度深呼吸をして、速まる鼓動を落ち着かせた。

「夏芽さん、どうかしましたか？」

夏芽の様子がおかしいと思ったのか、稔が不安げな表情で訊ねた。

まさか元彼が店に来ているなどと言えるわけもなく、夏芽は笑顔で返す。

「ううん、大丈夫。今日もお客さんが多いから頑張ろうね」

「はい。でも、無理はしないでくださいね」

稔は笑顔になったが、少し心配そうだった。

夏芽としてはいつも通り接客をすればいいだけのことで、もはや関係のない人だから必要以上に気にすることもない。それなのに、食器を用意したり飲み物を出したり、他の接客へまわるときもなぜか視界に入っては気になった。

先ほど目が合ったので向こうも気づいているはずだ。けれど、特に反応もないことに少し安堵した。

夏芽はとても丁寧に接客をした。誰にでも向ける笑顔で明るくはきはきと話した。客の女性も明るくしゃべってくれるので気が楽だった。

「では、ハーブティーのケーキセットをふたつでよろしいですね？　ケーキはどれになさいますか？」

「えっと、私はチョコレートで、亮くんは……」

女性が言葉に詰まると、夏芽は胸中でチーズケーキと答えた。もちろん、声には出さない。

「チーズケーキがいい」

と彼が答えると、夏芽は複雑な気持ちになった。

なぜこんなことを覚えているんだろう、などと自分に呆れてしまう。

けれど、それも致し方ないことかもしれない。

別れてまだ一年ほどしか経っていないのだから。

「そうだ。このイラストはこの店員さんが描かれたんだよ。私すごく好きなんだ」

女性は持参した雑誌のイラストを彼に見せながら無邪気に話した。

夏芽はいたたまれない気持ちでいっぱいである。なぜなら、目の前の彼は以前、夏芽のイラストに理解を示してくれなかったからだ。

夏芽は彼がどういう反応をするか不安だった。

彼は無難な言葉を発した。

「本当に、絵が上手ですね」

笑顔だが、淡々とした口調だ。それには女性も眉をひそめた。

「えー？　それだけ？　もっと可愛いとかあるでしょー」

「ああ、うん……可愛いと思う」

嘘ばっかり、と夏芽は胸中で呟く。

女性に促されて仕方なくそう言ったという感じがひしひしと伝わってくる。

夏芽はちらりと彼に目を向けたが、向こうはまったく目を合わせなかった。というよりは、頑なに無視しているようだった。

だが、そのほうがありがたい。

何も知らない女性のことを思うと、夏芽と彼は赤の他人であったほうがいい。

「ありがとうございます」

夏芽は満面の笑みで女性に礼を言うと、静かに立ち去った。

そして、キッチンに戻るとどっと疲れが出て深いため息をついた。たった五分程度なのに一日分の体力を消耗した気分だ。

「夏芽さん、少し休みますか？　僕が代わりますけど」

稔が声をかけてきた。

本当に、彼は夏芽の変化を敏感に感じとってしまう。

「ううん、大丈夫。もうすぐ休憩だし、そこまでは頑張るよ」

「無理しないでくださいね」

「ありがとう」

稔の顔を見ると、夏芽は心の底から安堵して、自然と笑みがこぼれる。

少し、元気が出てきた。

「そういえば、夏芽さんのイラスト、好評ですね。僕も自分のことみたいに嬉しいです」

その言葉を聞いたとたん、夏芽は涙が出そうになった。

稔のこの言葉はあまりにもまっすぐで純粋すぎて、お世辞でも嘘でもないから、今の不安定な夏芽の心に強烈に突き刺さるのだ。

「ありがとう。そう言ってくれて本当に嬉しい」

夏芽はにっこりと笑顔を返し、すぐに次の接客へと向かった。

今の自分に必要なのは他人の評価ではなく、ずっと信じ続けてくれている稔の言葉なのだ。

先ほどまでのもやもやした感情は、彼の笑顔と言葉で吹っ飛んでしまった。

それほどに、稔の存在は夏芽の心を救ってくれる。癒してくれる。

昔の苦い記憶など、稔の前ではかすんでしまう。

悩むことなど何もないのだと、夏芽は自分に言い聞かせた。

それと同時に満たされた思いでいっぱいになり、次に彼らに注文の品を届けたときには、心がすっきりとしていつも通りの接客ができた。

店が空いてきた頃に、夏芽は休憩を取ることにした。

店の裏口から出ると、ふわっと草木の匂いがした。

この香りが夏芽はたまらなく好きだ。その昔、田舎にある祖父母の家に行くと、いつも草木の香りがしていた。実家のまわりには緑がないのであまりこの感覚を味わうことができない。

だから、夏芽はここにいるときに思いきり外の空気を楽しむのだ。

呼吸をするたびに、心の中にある鬱屈したものがすべて浄化されていくような気がする。

そんなひそかな楽しみを満喫しているところだった。

背後から声をかけられたのは。

「夏芽」

名前を呼び捨てにされて、夏芽はどきりとした。

まだ、忘れることのできない声だった。

「り……笹田(ささだ)くん」

名前を口にしようとして慌てて名字に切り替える。

もはや彼は夏芽にとって関係のない人物だから。

それでも、まったくの他人ではないので無視するわけにもいかない。

夏芽はあくまで冷静に、笑顔で対応した。

「何かご用ですか？　もし庭を見たいということであればご自由にどうぞ」

他人行儀な夏芽の態度に、相手は少し残念そうな顔をした。

「いや、その、挨拶がしたいと思って」

「挨拶……？」

夏芽はつい冷たい口調になってしまった。

別れた相手と偶然再会したからと言って、わざわざ挨拶をすることだろうか。

女性と一緒なのだから、むしろ余計な誤解を生まないように無視をすべきではないのか。

　そのように考えていたが、彼がずいぶんと落ち着いているので、夏芽もそれほど警戒心を抱かなかった。

「少し、話をしてもいいかな？」

　拒否するのも変な話だ。ひどい別れ方をしたわけでもないし、まったく無関係な人でもない。夏芽は冷静に、昔みたいに応じた。

*

「店員さん、このあいだ料理教室で説明していた人ですよね？」

　女性に声をかけられて、稔は手もとの作業を続けながら視線だけ向けた。

「あ、参加された方ですか」

「そうです。このあいだスタッフさんにたくさんお話をお聞きして、薬膳について自分でも調べてみたんです。私は少し貧血ぎみで何かいい薬膳がないかなあって思って」

「よろしければお話をお聞きしますよ」

「いいんですか？　でも……」

女性は客席のほうへ目をやった。

その仕草が、稔には忙しいのに無理を言ってしまったという気遣いだと思えたので、笑顔で答えた。

「今は落ち着いているので大丈夫です」

注文は途切れたので個人的に対応ができる。

本来、この店はそういうスタイルなのだから。

「よかったらどうぞ、おかけください」

稔がカウンターテーブルへ女性を促すと、彼女は少しばかり周囲をきょろきょろしてから座った。

そういえば連れの男性がいたような気がして、稔も店内をぐるりと見まわしたがそれらしい人はいなかった。トイレか、もしくは用事で外に出ているのかもしれないと思った。

戻ってきたら女性がここに座っているのに気づくだろう。

「昼に作った薬膳スープがあるんですけど、飲みますか？」

「いいんですか？　ぜひ飲みたいです」

昼食の余りなどはこうしてたまにオススメで出したりする。今日作った薬膳スープには、なつめなど貧血予防効果のあるものが入っているのでちょうどよかった。

「用意するので少し待っててくださいね」

稔はそう言ってキッチンでスープの鍋を火にかけた。そして、店の裏口から庭へ出る。

秋に植えて冬越ししたパクチーがプランターいっぱいに葉を広げて、その独特の香りを振り撒いている。新鮮なパクチーをスープに入れると香りがいいし、栄養もあるので、春と秋と二回種まきをして年間通して収穫できるようにしている。

花が咲くと葉が枯れてしまうので、花芽を見つけたらこまめに摘みとる。

稔が少しだけパクチーを収穫して戻ろうとしたところだった。

「夏芽」

男性の声がした。稔は眉をひそめて声のしたほうへ近づいた。

表の庭をこっそり覗くと、夏芽と男性が一緒にいた。今カウンターテーブルにいる女性客の連れのようだった。

稔は少々動揺した。

なぜ夏芽が一緒にいるのか、客とのトラブルなのか危惧した。

しかし、先ほど男性は夏芽を呼び捨てにしたのだ。夏芽も客に対する態度とは違う様子だった。

おそらく知り合いなのだろう。しかし、店ではそんな様子はまったくなかった。

いや、そうだっただろうか。急に夏芽の様子が変わったのを見て心配になったほどだ。

何を話しているのだろう。あの男性は誰だろう。

夏芽と彼はどういう関係なのだろう。

ふつふつと湧き上がる妙な感情に稔は狼狽えた。

そんなとき、店内から客の呼ぶ声が聞こえた。

「すみませーん」

稔は慌てて店に戻り、裏口の扉を閉めると「はーい！」と返事をした。

鍋の火を止めて、女性に少し待ってもらって接客に戻る。

けれど、接客しているあいだも夏芽と男性のことばかりが頭をよぎり、稔は注文を聞き間違えてしまった。

「やだ、稔くん。疲れてるの？」

客は常連の人だったので笑って許してくれた。

「すみません。少し寝不足で」

「無理しちゃダメよー。就活もあるし大変でしょ？」

「はい。でも、ここの仕事も好きなので、無理なくやっていきます」

稔は頬を赤らめながらそう言った。

すると稔の様子を見たもうひとりの客が笑顔で話す。

「会いたいのよ、夏芽ちゃんに」

「あら、そうだわね。余計な心配しちゃったわ」

稔は真っ赤な顔で「そんなことは」と首を振る。

その通りだ。稔は夏芽に会いたいから、無理をしてでも店にいる時間を多く作る。

休んでもかまわない。スタッフが足りなければ新しいバイトを雇うこともできる。

むしろ稔が無理をすることで新しい人が雇えなくて、そのほうが夏芽たちに負担がかかるかもしれない。

それでも、稔は譲れなかった。

夏芽といられるこの店での時間は、何よりも譲れないのだ。

「シナモン入りの生姜紅茶と茉莉花茶ですね。少々お待ちください」

稔は笑顔で注文を復唱し、キッチンへ戻った。

忙しそうにする稔を見て、カウンター席にいる女性が声をかけた。

「ごめんなさい。忙しい中お願いしちゃって。お庭でも見て時間を潰してきますよ」

「ああ、あの……すぐにできるので、よかったら飲んでいってください」

引き止めてしまった。

稔はこの女性が、店の裏で夏芽と一緒にいる男性の連れだと気づいている。

だから、店の外に言って夏芽と彼がふたりで話しているのを見たら気まずいのではないかと思った。

どうしてこんなに気を使ってしまうのか、自分でもわからない。

ただ、夏芽のことを思うと変なトラブルにならないようにしたかった。

夏芽のことだからきっと何か理由があるのだろう。

稔は常連の客に注文の品を届けたあと、温めた薬膳スープを女性に提供した。

「わあ、いい匂い。これは何だろう?」

女性はスプーンで紅い実をすくう。

「それはなつめです」

稔はそう答えてから、以前にも同じ返答をしたことを思い出す。

あのときも薬膳スープを作っていて、そばにいた夏芽に説明していたのだ。

このスープに入っているのはなつめとクコの実、生姜と松の実。それから具材は鶏肉と長ねぎ、レンコンとごぼうと人参など。

気候が暖かくなってきても夜は冷える。身体を冷やさないように血のめぐりをよくするスープだ。

「なつめは鉄分と葉酸(ようさん)が含まれていて、貧血のある人にぴったりなんです」

「美味しい。いろんな味がするけどさっぱりしてる」

「鍋料理にもできますよ。野菜をたくさん入れて食べると栄養もたっぷり摂れます」

「それ薬膳鍋ですよね。いつか料理教室で教えてください」

「はい。考えておきますね」

稔はにこにこしながら対応している。

けれど、実は庭にいる夏芽と男性のことが気になっていた。

＊

夏芽は元彼と対峙(たいじ)している。ただし険しい表情をしているのは夏芽だけで、彼は少し困惑しているようだ。自分から呼び止めておいて黙り込んでいる。

夏芽から話を切り出すことにした。

「彼女はいいの？」

「え？」

「付き合っているんでしょ？」

「いや、まだ……そういう関係じゃないんだ。そうなりたいとは思っているけど、今は仕事の相談をする友人みたいな感じ。彼女と出会ったのはつい最近だから」

そういえば料理教室のときに彼女は、仕事のことで悩んでいて相談に乗ってもらっているという言っていた。その相手というのが夏芽の元彼だったというのはあまりに皮肉なものである。

けれど、それをわざわざ口にはしなかった。

お互いに黙ってしまい、しんと静けさが訪れる。気まずい空気が流れるが、正直なところ、今の話を聞いた夏芽は少し安堵していた。

彼女は、夏芽と別れる際に見えた女性の影ではないということだ。

つい先ほどまで夏芽は彼女に対して複雑な感情を抱いていたから、少し救われたような気持ちになった。

せっかく仲よくなった子に、自分の彼氏と関係があった人じゃないかという疑いを抱いたままでいたくなかった。

「俺は夏芽と別れてからずっと、がむしゃらに仕事ばかりしていた。いろいろ考えて、反省して、やっと落ち着いてきたところ」

「そうなんだ。よかったね」

夏芽は自分でも穏やかに返事をしたことに驚いた。

連絡先を消去して近況を知るすべなどなかったので、彼が元気に暮らしていることを知れたのは素直によかったと思える。

とは言え、それを聞いたところで未来があるわけでもない。

夏芽にとってあの頃のことは、自分のしてきたことが認められない現実を突きつけられたと同時に、味方になってほしかった彼からも拒絶された苦い思い出なのだから。

「この店の特集が載ってる雑誌を彼女が見せてくれて、夏芽の絵だってわかったんだ」

その言葉に、夏芽は少し驚く。

「覚えていたんだ？」

「そりゃ、忘れるわけないよ。あんなに一生懸命やっていたのを見ていたから」

にわかには信じがたい言葉だった。

夏芽の心にじわりと苛立ちが募ってくる。

なぜ、今それを言うのだろうか。

一番言ってほしいときには煩わしそうにしたくせに。

夏芽が苦しんでいるときに、彼はさらに追い詰めるようなことを言ったのだ。

いつまで続けるんだ。現実を見ろと。

「無駄なことをしているって言ったよね？」

夏芽はわざとそんなことを口にした。

これは、あのときぶつけられなかった怒りだ。

あんなことを言われたのに、あのとき反論することができなかったのは、それが事実であると夏芽も心の底でわかっていたからだ。

それでも励ましの言葉がほしかった。落ち込んでいるときに、そばで元気づけてほしかった。いや、そうでなくても否定だけはしてほしくなかったのだ。

「そんなこと言ったのか。俺、最低だな」

彼は頭をかきながら困惑の表情になる。

今さらだ。夏芽の心には響かない。

けれど、なんとなく意地悪なことが口から出てしまった。

「雑誌に載ったから？」

「え？」

「だから今はそんなふうに言えるんだよ。そうじゃなかったら、きっとあなたはまだ私のことを認めてはくれないよ」

「そんなことは……」

彼は言葉に詰まり、黙り込んだ。

夏芽は自分に対して呆れ、ため息をつく。

彼を責めたところでどうなるわけでもない。過去を変えることなどできない。それでも、夏芽は言わなければならなかった。

「でもね。たったひとり、赤の他人なのにどん底の私をずっと信じてくれた人がいるの。その人は無駄なことだと言わなかった。私の絵が好きで、純粋に損得なしで応援してくれたの」

驚いて目を見開く彼をまっすぐ見つめて、夏芽は言い放つ。

「嘘でもいいから、励ましの言葉がほしかった。たとえ正論であっても、落ち込んでいるときに傷口を痛めつけるやり方は、相手を追い詰めるだけだよ」

「ごめん。本当に最低なことをした」

もう過ぎたことだ。終わったことだから。

夏芽はいろいろとわかった気がする。

「あの頃はお互いに余裕がなかったよね。私も自分のことに精一杯で他人への思いやりとか、考える心の余裕がなかった」

別れた原因は、どちらのせいというわけでもない。

「だから、私は過去のことは経験だと思って今は前に進んでる」

「そっか」

あの頃、散々否定はされたけれど、彼の言い分も理解できなくはなかった。

他の女性だったらきっと、もっとうまくやれたかもしれない。おしゃれや可愛いコスメに敏感で、常に綺麗にしていて、彼との時間を大切にしていたかもしれない。

それは、夏芽にはできなかったことだ。

「最低なことをしただなんて、もう思わないで。私たちはただ未熟だっただけ。だから、反省するのは私もだよ」

不思議な気持ちだった。

喧嘩をしたわけでもなく、ただ別れようと切り出して、彼がそれを受け入れただけ。彼に他の女性がいたかどうかなど、もう訊くつもりもない。

ただ、こうして再会して話せたことが夏芽の心をクリアにした。

もっと話し合いが必要だったのかもしれないと、今なら思える。

「これだけは約束してほしいな。もし彼女と付き合うことになったら、彼女の一番の味方でいてあげてほしい」

「うん。もちろん、そのつもりだよ」

夏芽が微笑むと、彼も遠慮がちに笑顔を返した。

風が吹いて、桜の花びらがひらりと舞った。

花びらがゆるゆると舞いながら、静かに地面に着地する様子を、夏芽は静かに眺めた。

そして、顔を上げると彼にふたたび笑顔を向けた。

「今は私、やりたいことができているんだよ。とても充実しているの」

「そうか。よかったな」

「うん。それにね……」

稔のことを話そうかどうか迷っていると、店の入り口から女性の声がした。

「やっぱりこっちにいたんだ。亮くん、どこに行ったのかと思った」

声をかけられた彼は、女性に向かって手を振った。

彼女は屈託のない笑顔で駆け寄ってくる。

「もしかして知り合いだったの？」

彼女の質問に夏芽が答える。

「大学のとき、同じ学部だったんです。似ている人だなって思ったらやっぱり」

当たり障りのない事実である。

「なんだ、そうだったんですね！　亮くんすごいね。イラストレーターさんとお友だちだなんて、うらやましいよ」

彼女のその言葉は、夏芽の心にじんと沁みた。

元彼との再会という思いがけない出来事だったが、話をすることができてよかったと心から思う。

ふたたび扉が開いて、稔が遠慮がちに顔を見せた。それに気づいた女性が笑顔で話す。

「あの店員さん、健康についていろいろアドバイスくれるの。今度一緒にここの料理教室に来ようよ」

無邪気な彼女の提案に、三人が同時に「え？」と声を上げた。

「え？　何？　ダメなの？」

「そんなことないよ！　ところで、そろそろ行こうか。他の観光地も行きたいだろ」

慌てて話題を変えようとする元彼の姿を見て、夏芽はおかしくて笑いそうになった。

もう、彼に対する負の感情は綺麗さっぱり消えてしまった。

稔は女性に小さな袋を渡している。中には乾燥したなつめが入っていて、その使い方を説明していた。

ふたりが会話に集中しているあいだに、夏芽はそっとそばにいる元彼に顔を向けて、笑顔で言った。

「ねえ、笹田くん。彼が私の一番の理解者なの。そして、今は私の大切な人」

心から笑って、堂々と口にすることができた。そんな夏芽に彼もわずかに微笑んで返す。

「そうか。よかった」

たったひと言だった。それでも十分だった。

苦い思い出のままだった過去のふたりは、心に残ったわだかまりを解消し、それぞれの道を歩き始める。

夏芽にとっても彼にとっても、未来はひらけていた。

「一緒にお酒を飲みませんか？」

それは稔からの誘いだった。

ある夜、店じまいをして帰ろうとしたところへ、稔からそのように声をかけられたのである。断る理由もなく、むしろ付き合って初めてのデートだから、夏芽は心から嬉しかった。

「うん、いいよ」

笑顔で答えると、稔も笑った。

四月の夜はまだ冷える。

昼間はずいぶんと暖かくなったが、日が沈むと急に季節が戻ったように涼しくなる。それなのに、今夜はそれほど寒くなかった。風もなく、気温も低くないので過ごしやすい。

すっかり暗くなった庭はガーデンソーラーライトに照らされて、ぼんやりと幻想的な空間を作り上げている。

アンティークのランタンが照らす木製のテーブルには、ガラスポットに入った薬膳酒が置いてあり、ライトの加減でキラキラと黄金色に輝いている。

薬膳酒はなつめとクコの実を焼酎にじっくり浸して一カ月以上置いたものだ。

飲まないかと言われて、てっきり居酒屋にでも行くものだと思った夏芽は驚いた。

彼の誘いはこの庭でふたりきりで飲もうという意味だったのだ。

「すみません。ちゃんとした店のほうがよかったんですが」

「ううん。十分だよ。それに、ここは特別席じゃない？」

都会の喧騒も周囲の雑音もない、ただ静かに虫の音が響く、落ち着いた場所。

誰にも邪魔されない特別な場所だ。

アイアン製のガーデンチェアにふたりで並んで座るのは、実は初めてのことかもしれない。稔は夏芽のためにやわらかいクッションを敷いてくれて、膝掛けまで用意してくれた。

「ずっと用意して待っていたんです。時間ができたらゆっくり夏芽さんとお酒が飲みたくて」

「私のために用意してくれたの？」

稔はにっこり笑ってガラスポットの薬膳酒をグラスに注いだ。

夏芽は稔からそれを受けとる。じっくり浸かった紅い実が浮かんだ、独特の香りのする酒だ。

まさか、彼氏に手作りの酒をふるまってもらえるとは、こんな贅沢な経験ができる彼女はそれほどいないだろう。そんなふうに思って、自分は幸せ者だなと実感する。

「春は身体の調子が崩れやすいので、薬膳酒がいいかなと思いました」

「そういえば、春は何かと疲れやすいよね。暖かくなっていい季節なんだけど」

「冬のあいだに溜まった毒を出しているんですよ。そのうちすっきりして改善します」

「そうすると今度は夏が始まって夏バテになるんだよね」

「そうですね。そのときはまた身体に合った薬膳を摂り入れるんです。季節が変わるたびに、身体にも変化が起こります。だから必要な栄養を摂って、身体を元気にしてあげる。少しでも楽に生きたいですからね」

稔の言葉に夏芽は目を丸くする。

彼の口から「楽に生きたい」というセリフが出てきたことが意外だったからだ。

「稔くんは楽に生きたいの？」

訊いてみた。そうしたら、稔は笑った。

「はい。身体の不調を抱えながら生きるのは、誰しもしんどいです。それならそうなる前に予防するんです」

夏芽は初めて店を訪れたときに、稔が説明してくれたことを思い出す。

「未病だったよね？」

「覚えてくれていたんですね」

「うん。まだ病気になってはいないけれど、健康でもない状態」

「そうです」

病気になってから治療するよりも、ならないようにするほうが、たしかにずっと楽に生きられる。

稔の楽に生きたいという言葉は、怠惰な生活をするということではなく、身体を元気な状態にしておきたいということだ。

少しでも身体の不調に気づいたら、放置するのではなく、きちんと対応してあげること。

それは頭で理解していても、なおざりにしてしまうのが現代人だ。

「飲んでみてください。飲みにくいようなら少しはちみつを足しますから」

「いただきます」

夏芽はグラスを口に近づける。

ふわっと芳醇(ほうじゅん)な香りがして、ひと口飲むとじわっとなつめの甘さが口の中に広がった。

「甘くて美味しい。ちょうどいいよ」

「それならよかった」

「はちみつが入っているの？」

「氷砂糖を使っています。なつめが十分に甘いので控えめにしましたけど」

「カクテルみたいで美味しい。これ女性に好まれると思う」

「そうですか？　店で出してみようかな」

「うん。いいと思う」

「夏芽さんがそう言うなら」

ふたりで酒を飲みながら、共通の話題で盛り上がる。

夏芽にとっては楽しくて、心地よくて、最高に幸せな時間だ。

ただ、稔は少し複雑な表情をしている。

「最近忙しくて、ぜんぜん夏芽さんとの時間が取れなかったから申し訳ないと思っていました」

「仕方ないよ。稔くんは大事な時期だし、私なら大丈夫だよ。ここに来れば会えるしね」

まったく気にしなかったといえば、嘘になる。けれど、そのことに不満を持つことなどないし、稔の将来を応援する気持ちのほうが大きいから。

「進路が決まるまで私のことは気にしなくていいからね」

夏芽は気を使ってそう言ったつもりだが、稔はますます硬い表情になった。

彼はその意味を遠慮がちに吐露する。

「実は少し焦っていました」

「え？　何を……」

「このあいだ来たお客さん、夏芽さんの大学のときの友人ですよね？」

夏芽はどきりとした。

稔が何か話を聞いたというわけではなさそうだが、勘が鋭いと思う。

正直に話すべきなのか。しかし、元彼の話などしても気分のいいものではないだろう。

少し考え込んでいると、稔が不安げな表情を夏芽に向けた。

「やっぱり社会人は大人だなと思って見ていました。夏芽さんとお客さんが一緒にいるところを見て、僕はぜんぜん敵わないというか……」

「そんなことないよ！」

夏芽は稔の言葉にかぶせるように、慌てて否定した。

意外だった。まさか稔がそんなふうに考えていたとは思ってもみなかった。

夏芽からすれば、稔はいつも明るく負の感情とは無縁に思えた。しかも、以前に彼はこう言っていた。

つらいときこそ、その先にはいいことしかないと思って頑張れる。基本的に前向きな性格だと。

彼は彼なりに、社会人である夏芽と学生である自分の立場に悩んでいたのかもしれない。

けれど、それだけではないようだ。

稔は、夏芽の大学の友人のことを気にしている。

「彼はスマートな方に見えました。だから余計に焦ってしまったのかもしれません」

夏芽が目を見開いて言葉に詰まると、稔は恥ずかしそうに苦笑した。

「ごめんなさい。忘れてください」

「稔くん……」

「あ、何か食べるものを持ってきますね」

そう言って稔が立ち上がろうとしたとき、夏芽は思わず彼の腕をつかんだ。

「ねえ、それってもしかして嫉妬？」

「えっ……？」

稔は赤面し、目を泳がせる。

そして、夏芽の顔を見ないようにしてぼそりともらす。

「すみません。みっともないですが僕はあのとき、正直もやもやしました」

「うん」

「どうして夏芽さんと同じ歳じゃないんだろうって。同じ大学じゃなかったんだろうって。どうして年下なんだろうって、そんなどうしようもないことばかり考えてイライラしました」

「そうなの？」

夏芽は落ち着いて反応した。

それとは逆に、稔は気持ちが高ぶっているようで、声を大きくする。

「それだけじゃないんです。夏芽さんが若い男性客と話しているのを見ると、もしかしたら僕は不釣り合いではないかと不安になってしまう」

まさか、稔がそんな思いを抱えていたとは思わなかった。

「なんか、格好悪いですね」

稔は困惑の表情で苦笑する。

けれど、夏芽は素直に嬉しかった。真剣な顔で彼をまっすぐ見つめる。

「そんなことないよ。だって、それって私のことすっごく好きってことだよね？」

力強い夏芽の言葉に、稔は呆気にとられた。そして赤面しながらも、彼は夏芽の顔をしっかり見据えて返答する。

「はい、そうです」

稔の返事に、夏芽は胸の奥がぎゅっと締めつけられた。

稔は頬を赤くしてうつむき、視線だけ夏芽に向ける。

「幻滅しませんか？」

「ううん、まさか」

夏芽は胸中に秘めた今までの思いがあふれて、満面の笑みで答えた。

「すごく嬉しい。私は、稔くんの彼女なんだなってあらためて思えたから」

「夏芽さん……」

稔の顔はさらに赤くなった。

「じゃあ、私も本音をぶつけていいかな？」

「何ですか？」

急に不安げな表情をする稔に、夏芽はふふっと笑って言った。

「私は渚沙ちゃんに嫉妬していたの」

「え？　渚沙？　どうしてですか？」

あまりに意外だとでも言うような顔で稔は驚いている。

だから、夏芽は少し意地悪な顔で言う。

「だって渚沙ちゃんは私よりずっと長く稔くんと一緒にいるでしょ。私より多くのことを知っているし、何より明るくて楽しい子だし、頭もいいし、周囲から好かれているし」

「渚沙と比べなくていいですよ。夏芽さんのいいところ、僕はわかっています」

稔が必死にフォローしてくれる。彼のこんなところも本当に好きだと夏芽は思う。

「何より、稔くんは私のことは夏芽さんで、渚沙ちゃんは呼び捨て」

「あ、あれは……幼馴染だから、それに慣れてしまっていて……」

慌てる稔に、夏芽はそろそろ意地悪をやめようと思ったが、最後にひとつだけ。

「じゃあ、私のことも呼び捨てにしてくれる？」

稔は赤面したまま硬直した。その目はまっすぐ夏芽に向けられている。

少しのあいだ、沈黙があった。

ひらっと花びらが夏芽と稔のあいだをすり抜けて落ちる。

稔は遠慮がちに、どうにか声に出して、その名を口にした。

「な、夏芽……」

夏芽はどきりとした。

しかし、すぐあとに稔は付け足した。

「……さん」

「もうー」

「すみません」

照れくさそうにする稔と呆れぎみの笑顔を向ける夏芽。

ふたりのあいだに舞い落ちた花びらが夏芽の髪に引っかかる。

「あ、夏芽さん。ちょっと」

稔は夏芽の髪に触れて花びらを取った。

夏芽は髪に触れられたとたん、恥ずかしくなって頬を赤らめた。

稔の手はやはり大きくて温かい。

どちらともなく、手が触れて、稔が先に夏芽の手をそっと握った。

だから、夏芽も握り返した。

いつもはなんだか照れくさいことだけれど、今日は自然とそうなって、お互いにもう少し近くに寄った。

ざわっと風が吹いて、夏芽の髪を乱す。

稔はもう片方の手で、遠慮がちに夏芽の髪に触れた。

今度は花びらを取るわけではなく、ただ純粋に夏芽の髪を撫でるため。

夏芽は黙って目を閉じて、それからふたたびゆっくりと、一番近くにある稔の顔を見つめた。

稔はやはり頬を赤らめながら、それでも一歩前に進もうとする。

彼は夏芽に確認する。

「あの、嫌だったら……」

夏芽は彼の言わんとすることがわかった。
だから、静かに微笑んで答える。
「嫌じゃないよ」
お互いにそれ以上何も言わずにゆっくりと顔を近づけた。
淡紅色の花びらが風に乗ってさらさらと流れ、ふたりのそばを通り抜けていった。
そろそろ桜の散る頃だ。
ランタンに照らされた花びらは黄金色に輝いて、雪のように降り注ぐ。
こぼれ桜はまるで祝言のように、ふたりを華やかに包み込んだ。

終章

緑が鮮やかになってくる四月下旬のこと。

【かおりぎ】に常連客が集まった。

この日開催されたのは料理教室ではなく、それぞれが料理を持ち寄っておこなうパーティのようなものだった。

何かの記念ではなく、ただ親しい者たちが集まってわいわいするだけだ。

夏芽は店内のテーブルコーディネートを任された。ブルーのテーブルクロスを敷き、その上に緑や花を飾る。

誠司の友人で、生け花教室で講師をしている女性が手伝ってくれて、店内のテーブルは華やかになった。

「ありがとうございます。私だけではここまでできませんでした」

「どういたしまして。あなたのイラストも素敵ですよ。雑誌を拝読しました」

「本当ですか？　ありがとうございます」

夏芽は少し照れくさくなった。

女性は着物を着ていてとても品があり、話し方も穏やかだ。彼女は仕草も上品で、静かに会釈をすると誠司に呼ばれて店の奥へ入っていった。たしか彼女は誠司にとって【いい人】だと稔は言っていた。けれど、ふたりはあまり周囲に自分たちのことは話さず、ただ静かに余生を過ごしたいようだった。

「ねえ、何を作っているの？」

夏芽がキッチンを覗くと、稔は笑顔で説明してくれた。

「春野菜を使ったものをいくつか考えています」

「そうなんだ。私も手伝っていい？」

「もちろんです。じゃあ、菜の花をカットしてもらっていいですか？」

「うん。わかった」

出来上がったのはスナップえんどうとアンチョビのパスタに、豚肉とゆで卵と蒸し野菜のサラダ、あとは肉団子入り薬膳スープ。これらすべてに菜の花が使われている。

「色が綺麗」

「緑ばかりですけど」

「テーブルクロスを青にしてよかったね」

テーブルに料理を並べると、緑と青の調和が春らしさを演出する。そこに、訪れた人たちが次々と料理を追加していった。

麻沙子は祖父母と子どもたちとともに参加し、近所のパン屋で作られた焼きたてのパンを持ってきた。バゲットやロールパン、クロワッサンなどが大きな籠いっぱいに積まれている。

このパン屋は近所でも評判で、この店でも商品を取り寄せている。中でも春らしいよもぎパンは人気があり、【かおりぎ】のメニューに加えられていた。特にホイップクリームと餡を添えたデザートは大変人気である。

パンの香りは店の中をふわりと温かく包んでくれた。

ふと、末っ子の幼稚園に通う女の子が、夏芽に近づいて突然質問を口にした。

「ねえねえ、おねえちゃんはみのるのカノジョ？」

「え？」

「だってにいちゃんたちが言ってたもん。カノジョだって。カノジョってなあに？」

夏芽は腰を屈めて女の子と目線を合わせると、にっこり笑って答えた。

「あのね、お姫さまのことよ。私は稔くんのお姫さまなの」

「ええーっ！　いいなあ！」

女の子は興奮ぎみに叫んだ。

周囲は爆笑の嵐で、稔は冷やかしの対象になったが、照れくさそうにしながらも嬉しそうだった。

毎週平日に店を訪れる常連の婦人たちは、ほうれん草のキッシュや餃子、ローストビーフを持ってきた。

キッシュは手作り、餃子とローストビーフは近所で美味しいと評判の店のものだった。

「あたしは最初からふたりはそうなると思っていたわよ」

「そうね。初めてふたりを見たとき、あたしもお似合いだなって思っていたもの」

婦人たちは相変わらずおしゃべりが好きだ。

それでも夏芽は悪い気がしない。ここで働き始めたときも、彼女たちにずいぶんと助けられたものだ。

「あたしも、ふたりを初めて見たときに勘が働いたの。稔と夏芽ちゃん、空気感がどことなく似ていたから」

そう言って話に割り込んできたのは渚沙だった。

渚沙は近所の肉屋で買った新鮮な鶏肉のから揚げを持ってきた。香ばしい醤油やハーブソルトの匂いが鼻をくすぐる。

婦人のひとりが茶化すように渚沙に呼びかける。

「いつまでも呼び捨てにしていたら夏芽ちゃんが焼いちゃうわよ」

「あ、そっか。じゃあ、くん付けにしたほうがいい？　ねえ、稔くん？　それとも矢那森くんにしよっか？」

　そんなことを訊ねる渚沙に、稔は呆れ顔で返す。

「今さらだよ。それに、呼び方は関係ないから」

　夏芽は稔と目が合って、にっこり微笑む。

　笑顔で見つめ合うふたりを見た周囲がざわめいた。

「なんか、暑くない？　今日めっちゃ暑いんだけど」

　渚沙はわざとらしくそう言って周囲の笑いを取っていた。

　実はこの場に、夏芽が初めて対面する人たちがいた。他の人たちとは旧知の仲だが、夏芽にとっては少々緊張してしまう相手だ。

「あなたが夏芽さんですね。稔から話は聞いています」

「はじめまして。山川夏芽です」

　目の前のふたりは稔の両親だった。

　夏芽はぺこりとお辞儀をする。

「あなたのお父さんがうちの父の患者だったんですよ。その縁で夏芽さんとも昔会ったことがあります」

　稔の父の言葉に夏芽は驚いた。

　幼い頃に会っていたのは祖父の誠司だけではなかったのだ。

「そうなんですね」

あまり覚えていないのでどう反応すべきか迷う。

しかし、稔の父は穏やかに笑って続ける。

「僕は仕事が忙しくて、この店にずっと来られなかったんです。久しぶりに来てみたら以前よりも活気があるような気がしました。あなたのおかげですね」

そんなふうに言われて、夏芽は驚き、そして嬉しくなった。

たいしたことはしていないけれど、少しでも役に立てたなら本望だ。

だって大好きな場所だから。夏芽にとっても大切な店だから。

「夏芽さん、稔のことをよろしくお願いしますね」

稔の母はにっこり笑ってそう言った。

ふたりはとても穏やかで優しい空気をまとっている。夏芽の家とは異なった雰囲気の家庭なのだろう。

ふたりを見ていたら、稔がなぜあのように癒しのオーラを放っているのか、わかる気がした。

「こちらこそ、よろしくお願いします」

夏芽は笑顔で答えた。

「夏芽さん、飲み物はどれがいいですか？」

稔に声をかけられて、夏芽は両親へ会釈をすると、彼のところへ向かった。

飲み物は茉莉花茶や薔薇茶（ローズ）、りんごとはちみつのジュース、それになつめとクコの実の薬膳酒もあった。

稔が紙コップに飲み物を注いでいるので夏芽も手伝った。

全員に飲み物が行きわたると、渚沙が乾杯を仕切った。

「じゃ、【かおりぎ】の益々の繁盛を祈って」

みんなが一斉に声を張り上げる。

「乾杯！」

＊

その日、朝からしとしとと降り続いていた雨が、午後になって止んだ。

空を覆っていた厚い雲は次第に崩れ、その隙間から日の光が降り注いだ。

日中も夜間も比較的過ごしやすい五月のことだ。

【かおりぎ】には最近、新しく入ったアルバイトの子がいる。大学で心理学を学んでいるという彼女はこの店を以前からＳＮＳで知っており、どうしても働いてみたいと言ってきたそうだ。

自宅は近所で、土日どちらか含めて週に四日ほど来てもらっている。

「あの、夏芽さん」

「どうしたの？」

「お客さんの頼んだメニューがよくわからなくて……」

困惑する彼女に向かって夏芽はにっこり微笑んだ。

「きっとオススメを注文したいのね。わかった。私が行くわ」

「お願いします」

彼女はぺこりと頭を下げた。

夏芽は最近、仕事をしながら薬膳の勉強を始めた。

誠司に指導を受け、稔とメニューを考案しながら、いずれは資格を取りたいと思っている。

何か大きなことを成し遂げたいという野望はあまりない。

ただ、大好きなこの小さな場所で、誰かの役に立ちたい。

そんなふうに思って過ごしている。

客のテーブルには夏芽の描いたイラスト入りのメニューが置かれている。

ふたりの客のうち、片方は七分丈のカーディガンにワンピース姿でヒールを履いている。そして、彼女はスマホを眺めながらアイスコーヒーを注文した。

もうひとりは、薄手のジャケットに厚めの靴下とスニーカーという格好、肌は色白で痩せ型だ。

その彼女が夏芽に訊ねた。

「オススメって何ですか？　できれば、あったかいのがいいな」

夏芽は穏やかに微笑んで答える。

「では、あなたにぴったりの飲み物をご用意しますね」

雲が流れ、空が青さを取り戻す。

色鮮やかな緑が映える【かおりぎ】の庭は、太陽の光が雨の雫に反射して、より一層きらめいて見えた。

空気が澄んでいる。鳥の鳴き声がする。

今日もこの店は薬草と珈琲の香りと、人々の穏やかな笑い声に包まれていた。

●参考文献

《書籍》
薬日本堂 監修『毎日役立つ からだにやさしい 薬膳・漢方の食材帳』（実業之日本社）
田村美穂香 監修 『美味しく改善 ハーブ＆スパイス薬膳 新版・カラダを整える食材の便利帳』（メイツ出版）
櫻井大典 監修『体をおいしくととのえる！ 食べる漢方』（マガジンハウス）
東邦大学医学部東洋医学研究室 監修『薬膳と漢方の食材小事典』（日本文芸社）
《ホームページ》
『薬膳カレーの簡単レシピ スパイスの薬効で万能薬に！』
https://www.designlearn.co.jp/yakuzenkampo/yakuzenkampo-article11/

●付記

作中に登場する薬膳料理の描写につきまして、効果効能を保証するものではありません。

こちら、地味系人事部です。
〜眼鏡男子と恋する乙女〜
秦 朱音 Akane Hata
うちの給与は末締めです！
会社員が行き交う街、品川。『株式会社フロムワンキャリア』の社員・三郷茉美は、営業部員として月末月初の慌ただしい日々を送っていた。入社三年目を迎え、今後のキャリアに向かって動き出す同期達を横目にルーティンをこなす毎日。将来に悩みつつも何もできないでいた彼女は、人事部に所属する先輩社員・藤堂厚に出会う。地味な容貌ではあるものの、ハッキリとした物言いと真っ直ぐな働き方の藤堂に惹かれた茉美。久々の恋に浮かれつつ、改めて頑張ろうと決意するが……ある日、突然の辞令で藤堂が所属する人事部労務課に異動することになり——？　部署が変われば働き方も変わる!?　新米人事部員のお仕事奮闘記！
◉定価：726円（10%税込み）　◉ISBN:978-4-434-33090-2
◉Illustration：Minoru
こちら、地味系人事部です。
〜眼鏡男子と恋する乙女〜
秦 朱音
異動を命ずる——
うちの給与は末締めです！

覚悟しておいて、
俺の花嫁殿——

就職予定だった会社が潰れ、職なし家なしになってしまった紗和。人生のどん底にいたところを助けてくれたのは、壮絶な色気を放つあやかしの男。常磐と名乗った彼は言った、「俺の大事な花嫁」と。なんと紗和は、幼い頃に彼と結婚の約束をしていたらしい！　突然のことに戸惑う紗和をよそに、常盤が営むお宿で仮花嫁として過ごしながら、彼に嫁入りするかを考えることになって……？　トキメキ全開のあやかしファンタジー‼

Illustration：桜花

定価：726円（10%税込み）　ISBN 978-4-434-32929-6

この作品に対する皆様のご意見・ご感想をお待ちしております。

おハガキ・お手紙は以下の宛先にお送りください。

【宛先】

〒150-6008 東京都渋谷区恵比寿4-20-3 恵比寿ｶﾞｰﾃﾞﾝﾌﾟﾚｲｽﾀﾜｰ 8F
（株）アルファポリス　書籍感想係

メールフォームでのご意見・ご感想は右のＱＲコードから、
あるいは以下のワードで検索をかけてください。

ご感想はこちらから

アルファポリス文庫

鎌倉古民家（かまくらこみんか）カフェ「かおりぎ」

水川サキ（みずかわ さき）

2023年 12月31日初版発行

編　集－藤長ゆきの・宮坂剛
編集長－太田鉄平
発行者－梶本雄介
発行所－株式会社アルファポリス
〒150-6008東京都渋谷区恵比寿4-20-3 恵比寿ｶﾞｰﾃﾞﾝﾌﾟﾚｲｽﾀﾜｰ8F
TEL 03-6277-1601（営業）　03-6277-1602（編集）
URL https://www.alphapolis.co.jp/
発売元－株式会社星雲社（共同出版社・流通責任出版社）
〒112-0005 東京都文京区水道1-3-30
TEL 03-3868-3275
装丁イラスト－pon-marsh
装丁デザイン－AFTERGLOW
印刷－中央精版印刷株式会社

価格はカバーに表示されてあります。

落丁乱丁の場合はアルファポリスまでご連絡ください。

送料は小社負担でお取り替えします。


ISBN978-4-434-33085-8 C0193